# 週末同じテント、先輩が近すぎて今夜も寝れない。

蒼機純　Ill.おやずり

Staying at tent with senior in weekend,
so it's difficult for me to get sleep
soundly tonight.

「じゃあ、俺は肉を焼いていきます」
四海道文香《しかいどうふみか》
アウトドア派の高校3年生の先輩。休日はランニングをしたり、体を動かすのが好き。黒山とのキャンプで料理の腕を磨く。
「黒山君、手伝うわ」
黒山香月《くろやまかづき》
インドアライフを愛する高校1年生。休日は家で読書、ゲーム、料理を満喫。キャンプの奥深さにハマりつつある。

「すごいね、黒山君！これはレシピ教えてもらわなきゃだね」
「マジでこれはヤバイ！ヤバいぜ、黒山料理長」
「トウモロコシはやはりいい。実にいい」
石《いし》川《かわ》剛《つよし》
よく図書室に通う2年生の先輩。野球部に所属しており、後輩の面倒見が良い。
木《き》村《むら》彩《あや》愛《め》
香月と同じ図書委員で3年生の先輩。恋バナが好きで黒山と四海道の仲を見守っている。
土《ど》井《い》健《けん》介《すけ》
数学担当の教師で図書委員の顧問。趣味の筋トレと登山で休日を謳歌するアウトドア派。

「お邪魔します。あ、黒山君！」

「ちょっと、まさかこんなところで会うなんてね？」
遠藤《えんどう》七美《ななみ》
北海道旭川市在住の高校1年生。小樽キャンプで黒山が出会ったキャンパー。

「あ、流れ星」
先輩も俺と同じ軌跡を見たのだろう。
こぼれ落ちる声に合わせ、俺は言葉を紡ぐ。
願いを乗せて。

「これからも。し、四海道先輩が卒業しても、
一緒にキャンプできますように」
流れ星が消え、視界には星屑の海が広がるだけ。
虫の鳴く音と夜風に木々が揺れる音しか聞こえない。

# CONTENTS

Staying at tent with senior in weekend,
so it's difficult for me to get sleep soundly tonight.

# 週末同じテント、先輩が近すぎて今夜も寝れない。2

蒼機純

GA文庫

カバー・口絵　本文イラスト
おやずり

# プロローグ　インドア男子の生態

問い『貴方は休みの日に何をしますか？』


部活？

アルバイト？

学生らしく勉強？

家族と過ごす？

大事な人とデート？

色々な答えが出るだろう。でも俺《おれ》、黒山香月《くろやまかづき》は自分の部屋で過ごすと胸を張って言うと思う。

俺は部屋の中央に立ち、今日の予定を組み立てていく。

「午前中は積んでいたゲームをしよう。まだ裏ジョブを解放していないし。昼は昨日下準備していた鶏肉で唐揚げ、かな。うん。そして、午後は……やばいな。楽しみすぎる」

思わず身震いしてしまう。だって、今日は休みだ。

妹に今の顔を見られてなくてよかった。自分でも人様に見せてはいけない顔だったと思う。

鼻歌を歌いながら俺はテレビにケーブルを繋《つな》いでいく。ゲーム機の電源を押すと、開幕のベルを鳴らすようにファンが回る音が部屋に響く。

テレビに表示される美麗なグラフィックと、心躍るサウンドが俺を別世界に誘《いざな》っていく。

業火を纏《まと》う人剣と氷の龍を召喚する魔法使いとの鬼気迫る戦闘。

空に浮かぶ大陸と未知の技術で作られた飛行船。

大勢のプレイヤーで賑わう酒場には、男のロマンが詰まった肉の塊がテーブルに乗る。

「……最高だな」

窓から入る心地よい風が部屋に仲夏の匂《にお》いを運んでくれる。季節は六月下旬。梅雨も明け、まもなくインドアライフ最強と思える夏がやってくる。

いや、春夏秋冬全《すべ》てにおいてインドアライフは最高なのだが。あえて声を大にして言う。夏のインドアライフは最高だと。

午前中は妹の澪《みお》も部活動で家を出ているし、両親も出勤中。俺がアルバイトしている喫茶店は臨時休業ということもあり、家から出る予定もない。

今日の休日ライフへの期待を更に膨らませながら、俺は再びゲームの世界へと意識を向けていく。

すると酒場に興味深いメニューが表示された。

「これはイベント限定の酒場メニューか……辛旨、麻婆豆腐。へぇ、レシピを買えば外でも作れるようになるんだ。へぇ」

　現実世界でも麻婆豆腐は作ることはあるが、作り方はそう複雑ではない。それにちゃんと下準備をして、食材などを用意すれば外でも作れそうだ。

「……」

　ちらっと俺は部屋の端に置かれた調理器具を眺める。数ヶ月前までは部屋になかった、ギアと呼ばれるキャンプで使用する道具の数々。

　アウトドアとしても人気があり、外で大自然と触れあえるキャンプ。インドアな俺にとっては一生分かり合えない趣味だと感じていたのだ。

　ただ今では少し心境の変化というか、色々あってアウトドアというか、キャンプにも楽しさがあることを知った。いや、強引《ごういん》に体験させてくれた、と言うべきか。

　六月に行った初めての泊まりキャンプの思い出が脳裏に浮かぶ。たき火が爆《は》ぜる色合いと暖かさ。テントに寝転がって感じる自然の音。様々なギアを使って作るキャンプ飯。

　そして、とある人の顔が浮かび始めて俺はかぶりを振る。

「っ！　今日は久しぶりのインドアライフをとことん楽しむって決めたんだ。うん」

　駄目だ。今日はキャンプのこと考えるの禁止。アルバイトとか、学校生活とかは度外視して、澪が引くくらいに堪能してやる。

　俺が気持ちを切り替え、再びゲームの世界に入り込もうとしたときだ。コントローラーを握りしめ、まだ見ぬ強敵に思いを馳せていた俺はそれを見てしまう。

ぶるる、とマナーモードにしていたスマホが震え、画面にメッセージが表示されたのだ。


ふみか【黒山君、今日はアルバイトかしら？】

先ほど脳裏に思い浮かべていた人の顔が浮かび、心臓が跳ねる。息を呑み、俺は画面に表示されたＬＩＮＥの内容を何度も、何度も確認した。

別に畏《かしこ》まる必要はないし、普通にメッセージを返せばいい。それだけだ。そう、それだけ。そしたらまたゲームに集中できるはず。

「――――いや、無理だっ」

部屋に木霊《こだま》する俺の声は上ずってしまっている。澪に聞かれたら容赦なく「お兄ちゃん、キモいよ?」と言われてしまいそうだ。

俺はコントローラーを置き、スマホを前に正座する。

「いや、変に意識するのはおかしいだろ。だって一緒にキャンプに行っただけだし、学校でだって普通に会話してるし」

思い返すのはインドアな俺をアウトドアに連れ出してくれた二歳年上の女性。

四海道文香《しかいどうふみか》。俺の先輩だ。

クールで、近寄りがたい雰囲気を持つ美人。誰《だれ》もが振り返ってしまう容姿で、女性にしては少し低いハスキーボイス。オオカミ先輩、と孤高を貫く姿からそう呼ばれている。

でも俺は知っている。

四海道先輩が年相応の無邪気さを持っていて、自由を求めて週末にキャンプをしていることを。相棒のバイクに名前を付け、キャンプ先でキャンプ愛を語らうぬいぐるみを購入したり、クールな表情の裏に見惚《みほ》れるような笑みを浮かべることがあるのを。

そして、俺はそんな四海道先輩に惚《ほ》れている。惚れているからこそ、この気持ちは伝えない。

「……まずは返すか。えっと休みです、と」

返事を打ち込み、俺は一仕事終えた気分になっていると再びメッセージが返ってきた。

ふみか【そうだったんだ。じゃあ、今度のキャンプの相談とか今、大丈夫？】

今？　確かに次のキャンプの話は色々していたが、まだ候補先は絞り切れていない。

俺はひとまずゲームをセーブして、電源を落としてから問題ないと返信する。

するとなんと俺のスマホが震えだしたのだ。画面には四海道先輩の名前が表示され、ぶるぶると震え続ける。

「なんだと？　で、電話で？」

俺はてっきりメッセージでやりとりすると思っていたので、一気に難易度が上がる。及び腰になってしまうが、流石《さすが》に電話に出ないのは失礼だろう。

俺はスマホを手に取り、着信に応じる。

「もしもし？　先輩？」

『あ、こんにちは。黒山君、今日ってアルバイトじゃなかったの？』

「本当はそうだったんですけど、アルバイト先の喫茶店が臨時休業中で。先輩は外ですか？」

『よく気がついたわね？　えっと今、ランニング中で、公園で休憩してるの』

「ランニング？」

『そう。いつもベルちゃんに乗って移動してるけど、キャンプとか運転とかでも体力必要だし。普段から体を鍛えておかないとね。あ、勿論《もちろん》勉強も頑張ってるよ。息抜き大事だし』

「すごいですね。夏に外で運動するなんて。夏は家の中で過ごす俺には未知の感覚です」

『いつも通りの君で安心したわ。えっと、電話して大丈夫だった？』

「大丈夫です。今日はインドア満喫デーだったので」

『インドア満喫デー……ふふ、君は本当にぶれないね。でも元気そうで良かった』

「いや、学校でも話すことあるじゃないですか」

『う～～ん。そうだけど、ちょっと違うというか。表現が難しいわね』

「なんですか、それ」

『うん。あれよ、いつも持ち込んでるギアが突然なくなって不安になる感じ』

「それは分かるようで、分からないような」

楽しげな声に俺は本音で突っ込んでしまう。話す前はあんなに緊張していたのに、今では自然体でいられる。不思議な感覚だ、本当に。

なんか四海道先輩らしいな、とそんなふうに思う。

一緒にいて、気を使われるのが気になって一人でいることを望んでいる四海道先輩は澪曰《いわ》く面倒くさい分類の人間だ。そして、勝手に自分が知らない分野は楽しめないと決めつけていた俺も澪曰く、というか俺自身面倒くさい人間だと思っている。

波長が合うのかもしれない。対極の趣味を持っているのに、一緒にいて苦じゃないから。だから好きという感情は伝えるべきじゃない。伝えるときっとこの波長は崩れる。それは俺も望んでいないし、四海道先輩が一番望んでいない気がする。

俺はこの人が自由に、楽しげに笑っていてくれるならそれでいい。

『で？　黒山君の方は候補先決まった？』

「え？」

まずい。話を聞いていなかった。顔が見えずとも四海道先輩が頬《ほお》を膨らませる光景が脳裏に浮かぶ。

『黒山君。そういうところは直すべきよ。澪ちゃんにも言われているはずよ？』

「澪？　え？　澪と何を話しているんですか？」

『黒山君の沽券《こけん》に関《かか》わるから内緒よ。君が聞いたら泣いちゃうわ』

「本当に何を話しているんですか⁉」

俺の個人情報ダダ漏《も》れじゃないか。一度、澪としっかり話さなければいけない。恐らくコンビニの高級アイスで口を割るはずだ。

俺は頭の中で澪への対処を考えながら、机に乗せていたノートを引っ張り出す。ページを捲《めく》り、目線を下ろした。

「ひとまず、俺は次のキャンプは千歳《ちとせ》、富良野《ふらの》もいいなと思っていました」

『千歳、富良野……そうね。千歳は私も一度行ったことがあるわ。キャンプを始めた頃、飛鳥《あすか》と一緒にね。富良野はまだないから凄く興味があるけど』

「はい。距離、の問題ですよね」

『そうね。下道を使って行っても二時間くらいかしら？　ベルちゃんをカスタムして、二人分のギアはぎりぎりいけるかな？』

「すみません。俺が一緒についていくせいで」

そうなのだ。四海道先輩とのキャンプでは俺は先輩の相棒である、バイクのベルちゃんにタンデムさせてもらっている。

更にはキャンプで使用するギアも載せてもらっているし。あまりに先輩への負荷が大きすぎる。

もし俺に免許があれば話が違っていただろうが、俺はまだ十五歳だし、現実的に不可能だ。

『え？　そんなこと気にしちゃ駄目よ？　私が貴方とキャンプに行きたいのだから』

「……」

本当に電話越しで良かった。言葉を失う今の俺の顔は真《ま》っ赤《か》だろうし。

先輩は唸《うな》って平然と言葉を続ける。

『でもそうね。そこは課題だね。七月後半には行きたいし……じゃあ、また学校で話を詰めましょうか』

「はい。俺も考えておきます。それと外は暑いですから先輩も水分補給とかしっかりですよ？」

俺は窓から入り込む日差しが強くなってくるのを感じながら言う。

東京《とうきょう》から北海道《ほっかいどう》に来て、初めての夏を迎えるが、暑いものは暑い。確かに暑さの質は違うが、暑いという意味では同じだろう。

『そこはバッチリよ。運動して、結局体調崩したら本末転倒だし』

「確かに」

『黒山君は今日ずっと家で過ごすのよね？』

「そうですね。今日はとことん引きこもるつもりです」

『さっきのインドア満喫デーのことね』

「はい。ゲームのレベリングは勿論、新作ゲームのチェック。あとは作り置きしたいおかずもありますし、時間のかかる料理もいいですよね。煮込む系……例えばビーフシチューとか、豚の角煮とか。あとは未視聴の映画もあって、今日は部屋に引きこもって一日を過ごします」

脳裏にぱっと出てくる本日の予定を考え、改めて最高だなと実感する。するとスマホ越しの四海道先輩が無言だと気づく。

「先輩？」

『あ、ごめんなさい。凄く饒舌《じょうぜつ》で、楽しそうな感じだったから……私は休日、出かけることが多いから。その、気になって』

「そんなに楽しそうでしたか？」

『ええ。いつもの二倍はテンション高かったわ』

そんなにだったか。次からは自重しなきゃいけないな。ただ楽しいものは楽しいしな……。

『ただやっぱり黒山君がそこまで楽しそうだと興味が湧《わ》いてくるわね。いつも外だから、たまには家の中で読書でもしてみようかしら』

「あ、なら先輩が好きそうな本の新刊の情報を送っておきますよ」

『流石図書委員ね』

俺と四海道先輩はその後も談笑し、学校で次のキャンプ先の候補を話し合うことにして通話を終えた。

真っ黒な画面を見て、俺は心の中で再熱する高揚感を噛《か》みしめる。また、四海道先輩とキャンプに行くんだ。本当に。

両頬を叩き、俺は部屋の中で呟《つぶや》く。

「じゃあ、レベリングの続きと今日の夕飯。おかずの仕込みしてから映画――――は延期して、次のキャンプ先を調べようかな」

こうして俺の休日は過ぎていく。自由に、思うままに。常にテンション高く俺は生き生きしていた。きっと四海道先輩も良い休日を過ごしているはずだ。

そんな楽しい休日も終盤。夕方、俺が夕飯用にビーフシチューを仕込んでいると澪がやってくる。つまみ食いを注意すると澪は頬を膨らませた。

「いいじゃん。少しぐらい」

「駄目だ。お前はつまみ食いって言って一食分食うから」

「それはしょうがないよ。育ち盛りの女子中学生ですから」

にひひ、と笑いながら澪はリビングに戻っていき、まるで明日の天気のことを話すように話しかけてきた。

「あ、そうだ。お兄ちゃんって明日も用事ないよね？」

「ほぼ確定系で聞くんじゃない。俺だって友達と遊びに行くかもしれないだろ？　まぁ、明日も自室で過ごす予定だけど」

「そ。なら良かった」

「良かった？」

「うん。明日、四海道先輩が家に来るから。お父さんとお母さんも喜んでたよ？」

「へぇ、四海道先輩が――――ぇ？」

リビングで楽しげにテレビを見る澪と、おたまを落として立ち尽くす俺。平和な休日が終わる音が確かに聞こえた気がした。

# 第１話　俺の家に先輩がやってきた件

「お兄ちゃん、落ち着きなよ」

「そうだぞ、香月《かづき》」

「お父さん、襟《えり》が曲がっているわよ？　もうしっかりしてください」

「……どうしてこうなった？」

　ソファーに寝転がる澪《みお》と父さんの服を正す母さん。そして、俺《おれ》の父さんは笑みを浮かべているが、先ほどからやけに挙動が落ち着かない。黒山《くろやま》家の女性は強い、と不意に感じてしまう。

　俺は食卓テーブルに座り、頭を抱えていた。

　何故《なぜ》って？　答えは簡単だ。黒山家に四海道《しかいどう》先輩が来ることになったからだ。

「……もう少しで来てしまう。どうすればいいんだっ」

　ちらりと時計を見る。時刻は午後二時過ぎだ。

　昨日、澪が口にした言葉の衝撃からようやく回復した俺はすぐにどうしてそうなった、と問い詰めた。

　澪は何でもないように、テレビを見ながら話していたのを思い出す。

『だってお兄ちゃん、四海道先輩と休日について話してたんでしょ？　お兄ちゃんは四海道先輩の休日の過ごし方を知ったのに、お兄ちゃんが見せないのって不公平じゃん』

そんなわけないじゃん。どこが不公平なんだよ、と昨日の俺は言い返せずに澪の話を聞くことしかできなかった。何というかもう俺が処理できる容量を超えていたんだと思う。

うろ覚えな記憶を探り、四海道先輩がインドアライフ、つまるところ俺の休日の過ごし方について興味を持ったらしく、澪の誘いに応じたらしい。

夜に四海道先輩にＬＩＮＥすると「明日、よろしく」と短めな、真意が読みづらい返事が来て、俺は布団《ふとん》に入ってからも熟睡することはできなかった。

「あ。四海道先輩、もうちょっとで着きそうだって。私迎えに行ってくるね！」

「み、澪？　もし四海道先輩が忙しそうなら帰ってもらっていいんだからな？」

「香月。それは四海道さんに失礼だろう。そもそも四海道さんは香月にとって、友達なんだろ？」

「そうだよ、お兄ちゃん。友達を無下《むげ》にするのはいけませんなぁ」

「ぐっ⁉」

父さんも澪も真面目《まじめ》な顔をしているが、言葉尻はどこか楽しげだ。おそらく澪が父さんに何か言っているんだろう。

　パタパタと歩いていく澪の姿が消えると母さんがすすっと俺の隣に近寄ってくる。

「お母さん、澪から香月のことよくしてくれている人がいるって話を聞いたとき、いままで過保護だったんだなって反省したの。もう香月は立派な男の子なんだなって」

「母さん、母さんは絶対に勘違いしている。俺と四海道先輩はそんな間柄じゃなくて」

「ううん。大丈夫。母さん、分かっているから。応援してるから」

　親指を立て、にっこり微笑む母さんの笑みに俺は言葉を詰まらせた。

　胃が痛くなり、ひとまず自室で意識を落ち着かせようと俺がリビングを出ようとしたとき、玄関が開く音が聞こえた。

　ゆっくり音がするほうに顔を向けると、そこにはニコニコ顔の澪と四海道先輩がいた。

「お邪魔します。あ、黒山君」

「いらっしゃいませ、先輩」

　俺を見つめる透き通った双眸《そうぼう》と低い声色。漆黒の黒髪を三つ編みにしてのハンチング帽子。体のラインが分かりにくいだぼっとしたブラウスとスラックス。

　四海道先輩の私服はバイクで運転するとき、キャンプをするときしか知らなかったので、こういう私服姿の先輩を見て、俺は言葉に迷ってしまう。

　そんな俺の様子を見て、先輩は首を傾《かし》げた。

「？　どうしたの？」

「えっ⁉　いや、全然。何でもないです！」

「嘘《うそ》。変なこと考えているでしょ？」

「違っ！　ただ。少し、その、新鮮に思えて。ＯＫ、というか、その。それだけです」

「……お兄ちゃん。それは駄目だよ。ヘタレだよ」

黙ってくれ、澪。お前の兄はちゃんとヘタレだと自覚してるんだから。

だってそうだろう？　家に招き、いきなり服装似合っていますね、とかどこの陽《よう》キャだよ。

俺が女性ならそんな言葉を言われたら回れ右して、帰る自信があるし。ましてやただの先輩と後輩がそういうふうに服の感想を言い合うのもおかしな話だ。

澪は溜息《ためいき》を吐き、先輩に耳打ちをする。チラチラと俺を見る澪と俺から視線を外さず、俺を見つめる四海道先輩。

「じゃあ、四海道先輩！　こちらにどうぞ」

「えっとお邪魔します」

先輩が靴を脱ぎ、俺とすれ違う間際《まぎわ》、静かに呟く。

表情はいつも通りの少し冷めた表情だ。だが心なしか瞳《ひとみ》の色は楽しげに揺れて、低く溶け込むような声色は真《ま》っ直《す》ぐ俺に届く。

「服、褒めてくれたんだ。ありがと」

硬直する俺に構わずに先輩は澪に案内されてリビングに入っていく。

一気に顔が熱くなってくるのを感じ、俺は額に手を置く。

「はずすぎだよ、俺……でも先輩後輩ならそれが普通なのか？」

自問自答するが答えは出てこない。なぜなら俺はそんなイベントを人生の中でしてこなかったからだ。壁に寄りかかり、俺は気持ちを切り替える。

認めよう。確かに見惚《みほ》れていた。キャンプ時に着ているシャツとジーンズの格好もシンプルでカッコ可愛《かわい》い感じだが、今日の格好はまた違う。

ナチュラルメイクはいつも通りだが、服装もどこか文学少女みたいでお洒落な服装だ。何というか、俺が抱いている四海道文香《ふみか》像が更新されつつある。

だからといって素敵ですとか、似合っているなどは絶対に言えない。俺自身はもう色々と限界なのだから。

パンパン、と頬《ほお》を叩き、俺もリビングに戻る。

すると何故かリビングから笑い声がこぼれていることに気づいた。

「そうですか。香月がキャンプでそんなことを」

「はい。でも、凄く嬉《うれ》しかったです。楽しませてくれようといっぱい考えてくれて」

「でもでもお兄ちゃん、四海道先輩に変なことしなかったですか？」

「全然。むしろ凄く紳士的で、学校でもよく相談に乗ってくれて助かっているわよ」

「まぁ……貴方、香月がですって」

「ああ。香月がちゃんとコミュニケーションを取れているようで良かった」

何これ。なんなんだ、これは。俺は何を見せられているんだ？

表情はいつも通りだが、少し落ち着かない様子の四海道先輩はいい。そりゃ他人の家だからしょうがない。

だが問題は黒山家の面々だ。

ニマニマと笑みを浮かべながら俺への探りを続ける澪。

優しい微笑を浮かべ、どこか涙ぐむ母さん。

深く何度も頷《うなず》き、四海道先輩と談笑する父さん。

――――いや、おかしいよ。どう考えてもおかしい。もう俺の突っ込みが追いつかないよ。

立ち尽くす俺に構わず、父さんは顎に手を当て、四海道先輩に視線を向けた。

「しかし、そうなると四海道さんは本格的な夏の泊まりキャンプの経験はまだないんだね？」

「そう、ですね。はい。日帰りのキャンプはあるんですが夏に泊まりは、まだ」

「なるほど……夏は暑さとの戦いだ。特に夜はいかに快適に過ごせるかが重要だから、温泉が近くにある場所がやっぱりおすすめかな。あと北海道《ほっかいどう》なら」

そう言いながら父さんはスマホを操作し、何かを四海道先輩に見せた。

「これって？」

「その反応は知っている感じかな。独身時代にソロキャンしてて、そのときに知り合った友達が昨年、北海道でキャンプした時に撮った一枚だ。私は行ったことがないが、ここもかなりおすすめだと思うよ」

「へぇ、すごい星が見えるんですね」

「あぁ。今年も行ったって連絡が来ていたんだよな。えっと、これもそうだ」

感嘆の声を上げる澪もスマホを覗《のぞ》き込んでいる。俺も近づいて見てみると、それは俺と四海道先輩が候補に挙げているキャンプ場と似ていた。

四海道先輩と目配せして頷き合う。

「候補決めが捗《はかど》りそうね？」

「そうですね――――っ！」

「ん？　どうしたの？」

「あ、いや。その……父さん、それはまずい」

首を傾げる四海道先輩に曖昧に応《こた》え、俺は父さんを肘でつつく。上機嫌に写真をスライドさせていく父さんは気づいているだろうか？　写真フォルダの中で見えた一枚。

顔を赤く染め、満面の笑顔で露出が多い服装の女性と肩を組む父の写真。恐らく飲み屋での一枚だろうが、これを女性陣に見せるのは芳しくない。

「どうした香月？」

「その――――」

「あら？　この写真の貴方、凄い笑顔ね」

俺の言葉は無慈悲に潰《つぶ》され、リビングの温度が少し下がった気がした。陽気な父さんも異変に気づき、すぐに写真フォルダを隠そうとするが横から伸びてきた細い腕に拘束される。

母さんはにこやかに微笑み、冷や汗を浮かべる父さんの顔を覗き込んだ。

「か、母さん。違うんだ。これは得意先のお客さんがどうしても飲みに行こうって」

「どうしたの？　必死になっちゃって。飲みに行くのもお仕事だと私も理解しているわよ？」

「それなら」

「でもこの写真は貴方が接待されているようですけど。このお相手の方、凄く綺麗《きれい》ですし。昨年、おいたしてお酒を禁止にしたの覚えていますか？　お仕事が忙しくて忘れちゃいましたか？」

「……」

「お母さん！　私、部活で欲しいものがあるんだぁ」

「奇遇ね。私もそろそろ洗濯機を買い替えたいな、と思っていたのよ」

俺は何も言えない。隣の四海道先輩は興味深げに黒山家の断罪ショーを眺めている。

「ね、お父さん。買い物いきましょ？」」

「……はい。家族サービスさせてもらいます」

父さんは覇気を失った表情で「四海道さん、ゆっくりしていきなさい」と言い、母さんも「四海道さん、こんどまたお話ししましょうね」とニコニコ顔でお父さんの腕を放さずにリビングから出て行く。

両腕を頭の上で組んだ澪は溜息を吐いた。

「お父さんも懲りないなぁ、本当に。四海道先輩、黒山家の恥部をお見せしてしまい、すみません」

「そんなことは……ただすごく仲がいいんだね？」

「えへへ。それだけが取り柄です。今日はちょっとお父さんがやらかしたけど、今度一緒に買い物いきたいです！」

「一緒に買い物？　ええ、私のほうこそ楽しみにしているわ」

「やったぁ！　じゃあ、お兄ちゃん、四海道先輩をしっかりおもてなししてよね！」

「……善処します」

「よろしい。じゃあ、行ってくるね」

澪の言葉に俺は声を絞り出し、澪も俺の返事に頷いてリビングを出ていく。楽しげな澪と母さんの声は聞こえるが、父さんの声は聞こえず玄関が閉まる。

そして、黒山家には俺と四海道先輩だけになった。

嵐《あらし》のようだったとはこんなことを言うのだろうなと思う。俺はちらりと先輩を見る。

「なんか本当にすみません。お恥ずかしい場面をお見せしました」

学校の先輩を家に招き、まさか父さんの断罪ショーを見せてしまうとか何の罰ゲームだろう。それに先輩も気まずいだろうし。

先輩はいつも通りなクールな表情で、首を振る。

「少し驚いたけど、何というか仲がいいな、と思ったかな。ご家族の方、皆優しそうで。黒山君が面倒くさいけど良い人な理由が分かったかな」

「良い人ではありませんよ」

「面倒くさいのは否定しないのね」

「……否定できる要素がないので」

微笑を浮かべた先輩は立ち上がる。

「でも、そうね。私は黒山君にはこのまま良い人でいてほしいわね」

「え？」

「黒山君のお父様には悪いけど、私も黒山君には夜遊びして、おいたしちゃう人になってほしくないと思うから」

優しく微笑む先輩。

先輩の言葉に俺は胃がきゅっとなったのは言うまでもない。

◆

「これが黒山君の部屋なのね。へぇ、ちゃんと整理整頓されている」

「……」

四海道先輩は腕を後ろに組みながら俺の自室を興味深げに眺めている。

本当はリビングで過ごしてもらいたかったのだが、四海道先輩が俺の自室を見たいと言い出したのだ。日頃から整理整頓しているし、見られて困るものはないはずなので、大丈夫だと思っているが、まじまじと見られるのはやはり恥ずかしい。

「あ！　ギアもここに置いてあるんだ。小樽《おたる》で使ったギアもあるね」

部屋の隅、キャンプ道具を置いている場所に近づくと四海道先輩はしゃがんで一つ一つを懐かしそうに眺めている。

「はい。手元にあったほうがギアを購入するときも型式とか調べられて便利なので。四海道先輩は新しいギアを購入する予定とかあるんですか？」

「私？　そうだね。ちょっと欲しいなと思うギアはあるけど、懐《ふところ》事情と相談かな。ただ今日はそういうことは置いておいて」

四海道先輩は俺のベッドに腰掛け、腕を組む。

「黒山君が楽しげに語るインドアライフを体験させてもらおうかと思ってね。澪ちゃんや君本人から聞いたインドアライフは興味深くて」

「……別に普通のことしかしていませんよ？」

「黒山君にとっては普通でも私にとっては普通じゃないかもでしょ？　それに私は家では勉強ぐらいしかしてないし。この機会に家で楽しめる趣味も持ちたいな、と思っただけよ」

楽しむ努力をしていないのに、楽しめないと決めつけるのは勿体ない。俺はこの言葉を身をもって味わったばかりだ。

この様子だと四海道先輩は意地でも譲らないだろう。クールそうに見えて、意外に頑固なのだ、この人は。

俺は溜息を吐いて、ゲームソフトを確認していく。昨日プレイしたオンラインゲームはゲームアカウント一つに対して、操作するプレイヤーの数は一人だけだ。

となるといきなりこのゲームをやってもらって、楽しめる可能性は限りなく低い。

俺は昨日のゲームソフトを置き、別のソフトを取り出し、ゲーム機にセットする。このゲームもまだタイムアタックが済んでなくて積んでいたのだ。

「じゃあ、俺のインドアライフを体験してもらいます。先輩はそっちのコントローラーを持ってもらってもいいですか？」

「コントローラー？　これね」

「はい。合ってます」

「良かった。じゃあ、お隣に失礼するわね」

ベッドから降りて、俺の隣で正座する先輩は煌《きら》びやかに映るゲームタイトルロゴを眺めて感嘆の声を漏《も》らした。

「すごいキラキラしてる。それにこのタイトルのキャラクターは知っているわ。レーシングゲームも出てるんだ」

「他にもパーティーゲームや、パズルゲームもありますけど、このレーシングゲームは簡単そうに見えて奥が深いんです。勿論、ネットに繋《つな》いで大会で遊ぶ方法もありますけど、俺はこのゲームでは個人タイムの全更新をゴール目標にしています」

「ゴール目標……個人タイムの全更新？」

「そうです。やりこみ要素の一つで……えっと、これを見てもらえば分かりますかね」

画面を操作していくとレース場ごとにランクが決まっており、そのレース場ごとに制作者が設定したタイム表示がされていた。

ドリームカップのラストステージであるギャラクシーロードのタイムレコードの一位、二位、三位は秒単位で刻まれており、二位、三位は俺自身がたたき出したレコード記録がばっちり表示されている。だが一位のタイムレコードは未《いま》だに一度も塗り替えられたことがない。

なんというか自分が練習して形となる瞬間がすごく気分が上がるのだ。

「こういうゲームは無限に遊べてしまうので、ある一定の区切りは必要です」

「なるほど……じゃあ、今から黒山君はそのタイムアタックをするんだ？」

「いや、今日は、その」

「どうしたの？」

「……二人いるわけだし、対戦しましょう」

俺の言葉に四海道先輩は俺を見つめている。だがその表情に少し陰りが見えたので俺は慌てて否定する。この人が最も気にするのはそこなのだから。

「勘違いをしてもらっては困りますが、先輩がいるからではないです。タイムアタックは一人で黙々とやってもいいですが、時には相手が必要な時もあります。自分が思いつかない方法や、対戦することで根本的なゲームの楽しさを思いだすというか」

先輩に気を使ってもらいたくないから出た言葉ではあるが、俺としても嘘をついているわけではない。

こういう自分を追い込むゲームはふとした瞬間に飽きがくる。だから時折、ゲーム本来の楽しさを思い出す必要があるし。今がそのときなのだ。つまり自分のためだ。

と、俺が熱弁しているとクスクスと笑う声が聞こえた。

「ごめんなさい。君はなんというか、やっぱり優しいのね」

「優しくなんかありませんよ、それは絶対に違います。だってシロウトの先輩をカモにしようとしているんですから」

「そういうところだと思うけどね。でも、だから私もきっと――――」

「先輩？」

「ふふ。いえ。じゃあ、教えてくれるかしら？　鴨が猟師を打ち負かす瞬間をお見せするわ」

「はは。今夜の料理は鴨鍋もいいですね」

俺と四海道先輩は二人きりの家の中でバチバチと視線をぶつけ合う。

口元に得意げな微笑を浮かべた先輩はコントローラーを握りしめる。実に四海道先輩らしい口調だが、俺としても煽《あお》られて大人しくしてられるほどできた人間ではない。

最初は初歩的なギミックなしコースで基本操作を教えることにした。ボタン操作に戸惑っていたが、何度か併走していると先輩からぎこちなさが消えていく。

「アイテムを使うタイミングやドリフトはまだ難しいけど……うん。いけるかな。黒山君、少し本気で対戦してみない？」

「いいんですか？　絶対に勝てませんよ？」

「あら？　この世界に絶対はないわよ。君がキャンプを楽しんだように、ね」

「なるほど。俺、先輩だからって手は抜かない主義なので。後で文句言わないでくださいね」

「そうこなくちゃ」

四海道先輩とコースを選び、キャラクターと車を選択する。俺はその画面を見て、小さく笑ってしまう。

俺と四海道先輩が選んだキャラクターや車は、いわゆる勝ちやすいといわれるものじゃない。完全に趣味嗜好で選んだ好きなキャラクターだ。それにキャラクターと車も被っていないのはらしいといえばらしい。そして、それはお互いに指摘しない。

ちらりと隣を見る。そこにはキャンプの時の、自由に過ごす先輩の顔があって、すごく輝いて見えた。俺は恥ずかしい話だが、改めてこの人のことが好きなんだと自覚してしまう。

……思いは伝えられないけど、この人にはいつまでもこんな顔でいてほしいな。

でも、それはそれ。勝負は勝負だ。俺は少し生意気な鴨を狩るために猟師になる。

互いに選択が済んで、レース開始までのアナウンスが始まる。

三、二、一、GO!

開幕スタートダッシュをした俺に四海道先輩はなんとくらいついてきた。練習では上手《うま》くいっていなかったドリフトも完璧《かんぺき》で、コーナーリングも最適解だ。なるほど、先輩は本番で成功する天才肌タイプだったか!

だが俺もあそこまで大口叩《たた》いた手前、負けるわけにはいかない。

「あ!　ずるいわ!　そこショートカットできるなんて教えてくれてない」

「甘えですね。これは勝負ですよ」

非難は受け入れよう。だが勝負はもらう。

アイテムによる妨害はあるが、徐々に俺と先輩の差は広がっていく。そして、レースは終盤。

決着の三周目に突入する。

「でもまだ俺に勝つなんて――――っ!?」

トン、と何かが俺にぶつかってきたのだ。俺の部屋には存在するはずがない甘い香水の匂《にお》い。

そして、柔らかい何か。

「ぐっ！　このカーブを曲がればっ！」

コントローラーを握る四海道先輩が画面の車と連動するように上半身を揺らしているのだ。離れては、軽くぶつかって。また離れては軽くぶつかってくる。

そうか。この人、集中するとゲーム中に体が揺れてしまうタイプか！

「よし！　並んだわ」

「負けるわけにはっ」

おそらくは無自覚。ただ物理的にも、心理的にもここまで俺に有効な手段があるなんて予想さえしていなかった。

ラストの直線。若干先輩が先行しており、このままでは俺は負ける。コントローラーを握る指にも力が入り、画面を見つめる。最後のアイテムはバナナ、か。ならばと俺は前方にバナナを投げる。バナナの着地点はゴールの手前、そしてそこは先輩の進路コースだ。

「え、ちょっ！」

予想通り四海道先輩はバナナでスリップし、俺は真横を抜き去る。画面上に順位が表示され、

俺は小さくガッツポーズを作った。

「俺の勝ちですね」

「……」

四海道先輩は無表情で画面を見続け、瞳を閉じる。ただ俺はこの人がこの程度で怒るわけがないと思っていた。

「やるわね。最後の最後で嵌《は》められるなんて油断したかな。じゃあ、もう一戦しましょうか」

「いいですよ。先輩が満足するまで挑戦は受けます」

そう。むしろ闘志が燃えるタイプだ。そして、俺もそういうタイプの方がいい。再びコントローラーを握り、勝負に挑む。

……ただ俺の心が持たないので少し先輩から離れたのは言うまでもない。

◆

二十戦十九勝一敗。それが俺の四海道先輩との戦績だった。最後の最後でもぎ取られた一勝は俺が遠慮したわけでもなく、完全にアイテムを上手く使った、四海道先輩の実力だったと思う。

喜ぶ四海道先輩から俺は時計に視線を移す。午後四時か。結構ゲームをやりこんでいたみたいだ。

「んんん！　この後はどうするのかしら？」

「えっと、明日の弁当のおかずを作り置きして、夜は映画を見る感じですね」

「なるほど。お弁当作りとか凄く興味あるけど、流石にそこまではお邪魔できないわね」

四海道先輩は立ち上がり、俺を見下ろす。

「ありがとう。黒山君がどんなふうに休日を過ごしてるのか分かったかも」

「別に一般的な高校生男子なら普通の過ごし方だと思いますよ」

「そうなの？　昨日の貴方、電話越しでも分かるくらいにテンション高かったし……でも納得かな。確かに楽しかった。インドアもやるわね」

下から見上げる四海道先輩の微笑に俺は顔を背《そむ》ける。いつもと違う少し大人びた表情は、新鮮で、容赦なく俺の心を捉《とら》えていく。

俺は黙って頷く。いつも出てくる捻《ひね》くれた言葉が上手く形にできず、口の中で転がす。

「送ります。今日は歩きですよね？」

「ええ。ベルちゃん、今メンテナンス中なの」

「え？　どこか悪いんですか？」

俺は自らの声が上ずってしまうのを感じる。俺にとってもベルちゃんはもうただのバイクではないのだ。

玄関で靴を履《は》く四海道先輩は首を振る。

「定期メンテナンスよ。日頃は私がやっているんだけど、細かな部品まで見るとなるとやっぱり素人の手じゃ確認しきれないし。この夏は遠出するしね」

「遠出……先輩、免許って結構取りにくいですか?」

家から出て、交差点の信号を待っているときに俺は四海道先輩に尋ねる。

「免許取るの?」

「いや、その……いつまでも後ろに乗せてもらってばかりだと悪いので……」

「ふ────ん? そうね。運転自体は向き不向きもあるけど、慣れれば免許取るのはそこまで難しくはないと思うわ。どちらかというと厳しいのは免許代とバイク購入費かな」

「あぁ」

顎に手を当て、苦笑いする四海道先輩に俺も苦笑いしてしまう。

確かにネットで調べると普通自動二輪免許は免許取得だけで十五万弱。そして、実際にバイクを購入し、維持費として保険に入るとしたら中々に出費が多い。

ロマンを得るために財布を軽くする感覚だな、これは。

だがこうして歩いていると分かるが、北海道での暮らしはやはり車やバイクがあった方が行動範囲は広がるのかもしれない。特に遠出するならば小回りがかなりきくだろう。

蟬《せみ》が鳴く音が聞こえ、空を見上げると飛行機雲が見えた。北海道は涼しいとは言われるが、こうして夕方に歩いているだけで額に汗が滲《にじ》んでくる。

駅まで徒歩で約十五分。距離もそこそこあるはずなのに四海道先輩は息も切らさず、どこか懐かしむように言葉を紡《つむ》ぐ。これも日頃の運動の差だろうか。

「最初のキャンプとかは最寄り駅やバス停から徒歩で行っていたんだけど、キャンプ場に着いたタイミングでもうヘトヘトで、ゆっくり過ごすこともできなかったわ。だからお父さんのバイクを借りていったんだけど、どうせならと思って、貯金を崩して、バイクを買いに行ったんだよね」

「そこでベルちゃんと出会ったんですね」

「そう。もう一目惚《ほ》れだったわ。華奢《きゃしゃ》な肢体に見えそうで、実際は力強い走行ができるのも格好いいし、何よりなんかもう、好きになっちゃって――あ、ごめんなさい。興奮して喋《しゃべ》りすぎちゃったわね」

「全然構いませんよ？　俺も聞いていて楽しいですし」

「本当？」

「はい。ここで嘘を言っても誰《だれ》も得しませんよ」

だって俺もベルちゃんのこと格好いいと思っているし、俺もバイクを買うならベルちゃんみたいなバイクがいいと思っている。

四海道先輩の耳が微《かす》かに朱色に染まり、駅前で足を止める。

「ベルちゃんが帰ってきたら言っておくわ。黒山君が格好いいって言っていたって」

「是非お願いします」

「ふふ。あ、ここまでで大丈夫よ。わざわざありがとう」

「むしろせっかく来ていただいたのに、黒山家の恥部を見せてしまい申し訳ないです」

本当に恥部だったなぁと思いだし、俺は胃がきゅっとなったが、見せられた先輩も気まずかったと思う。

だが先輩は首を振り、否定した。

「全然そんなことはないわ。むしろ、皆良い人そうで、黒山君の人柄がもっとよく分かったと思う。あと君があそこまで熱く語るインドアライフの魅力も知ることができたしね」

「そ、そうですか。楽しんでもらえたならば嬉しい限りです」

「ふふ。硬いわね、口調。初対面のときみたい」

自らの好きなものを共感してくれるのが純粋に嬉しくて、慣れなくて、緊張してしまう。いや、だって自らの趣味を打ち明けてここまで一緒に楽しんでくれると思わなかったし。

いつ以来だろうか。家族以外にここまで気を使わなかったのは――――あ、そうか。

「こういう感じだったんですね」

「え？　何が？」

「いや、先輩が俺とキャンプして抱いてくれた感情っ！」

俺は先輩にチョップされた。痛さはないが、やってしまった感がどんどん湧《わ》いてくる。

四海道先輩は少し睨《にら》みながら、いつものクールな表情だが、頬が真っ赤《か》になって、瞳が微かに潤んでいる気がした。いや、泣かせる一歩手前かもしれない。

「黒山君は年上の先輩を辱《はずかし》めて楽しむ最低な後輩だったのね。ええ、今日最大の収穫ね」

感情を読ませない声色で、先輩は学校でも見せたことがないほどに完璧な笑みを浮かべる。

そのままくるっと体を翻《ひるがえ》し、駅に入っていってしまったのだ。

唖然とする俺の思考が正常な状態に戻るのに数分。急いで謝りに行こうとするとスマホが震える。

「今はそれどころじゃ――――」

スマホの画面には四海道先輩からの新着メッセージが表示されていた。

ふみか【ええ、嬉しかったわ。君が喜んでくれて嬉しかった】

ふみか【だから次のキャンプはお互い楽しみましょう】

ふみか【あと、一つだけ宣言しておくことがあるわ】

俺は腹の底から溜息を吐き、しゃがみ込む。

なるほど。怒ってはいないみたいだけど、次からは気をつけよう。正直なことをいえばもう先輩後輩であり、友達未満、キャンプ仲間なこの関係が終わったかと思ってしまった。

俺が四海道先輩に好意を抱いていることは隠し通すが、嫌われるのは、きつい。立ち直れないかもしれない。

「ただ宣言って何だ？」

俺が首を傾げていると再びメッセージが届く。

ふみか【君の言葉を借りるならインドアもいいけど、アウトドアしか勝たん、かしら？】
ふみか【前見て】

俺は顔を上げる。すると丁度駅から列車が発車していく。するとその車窓の中で見慣れた顔を捉えた。微笑を浮かべながら、手を振る女性。その目線は間違いなく俺を見ていて、言葉にならない感情が湧き上がっていく。

走り去る列車。追加のメッセージはない。ただ分かるのは俺の心臓は果たして今年の夏を乗り切れるのだろうかと、心配になるほど煩《うるさ》いこと。

「……今年の夏は試練の夏だなぁ」

空を見上げ、俺は呟く。

黒山香月、十五歳。

北海道で過ごす色々、初めての夏が始まる。

# 第2話　サマー！　ミート！　サプライズ？

四海道《しかいどう》先輩の訪問から四日が経った木曜日の放課後。俺《おれ》は図書委員メンバーの木村彩愛《きむらあやめ》先輩と図書室内の清掃をしていた。

「今日は委員会の活動が入っていなかったのに急にごめんね。黒山《くろやま》君、本当に予定とか大丈夫だった？」

「大丈夫ですって。そんなに謝らないでください」

俺は雑巾《ぞうきん》でテーブルを拭き、申し訳なさそうに表情を曇《くも》らせる木村先輩を見る。

木村先輩は眼鏡《めがね》と三つ編み、白のワイシャツという組み合わせが爽《さわ》やかな感じだが、表情はどこか梅雨を感じさせる暗さだ。

日々、閉室後に清掃はしているものの、今年の夏は大掃除しましょうと木村先輩が提案したのだ。

四日間をかけて行う大掃除。通常時よりも早めに図書室を閉め、清掃を月火の前半組、水木の後半組で班分け。俺は前半組だった。

だが後半組の参加メンバーだった図書委員二名が部活の大会で来れなくなり、前半組だった俺の所にヘルプの連絡がきたのだ。

「掃除自体は好きな方なんで。それにやっぱり綺麗《きれい》な状態で使用してもらいたいですしね」

掃除が好きなのは事実だし、掃除の重要性は理解している。大多数が使用する図書室という空間とはいえ、ここは室内。つまり一つの部屋なのだ。

快適に部屋の中で過ごすならば気分が下がるような要素は排除すべきと俺は心の底から思う。だって例えばベッドで寝転んで読書しているときに、部屋が散らかっていると気になって集中できないし。

それにアルバイト先の喫茶店もまだ臨時休業中だから放課後に予定もない。図書室は拡大解釈するなら俺の部屋みたいなもので、それを綺麗にしたいという木村先輩の気持ちは応援したい。

「うう。優しさが染みるよ」

「大袈裟《おおげさ》ですよ。さ、早く終わらせましょう」

俺は苦笑いを浮かべながら言葉を返す。

書棚前に移動した俺は、はたきで埃《ほこり》を落としていく。暫く貸し出しされていないジャンルの書棚は埃が結構溜《た》まっており、これは掃除しがいがあるなと思ってしまう。

ファンタジー。恋愛。サイエンス。アウトドア。

俺はアウトドアジャンルの書棚の前で足を止める。書棚には埃が溜まっておらず、綺麗に並ぶ書物の中でも少し短めなタイトルが印象に残る一冊。

それは俺が図書委員の顧問である土井《どい》先生に頼み込んで稟議《りんぎ》に掛けてもらった一冊だ。

「そういえばこの本から始まったんだよな……あの人、借りすぎだろう」

貸出票には四海道先輩の名前が並んで記載されており、何度も借りては読み返している印象を受けた。

思い出すと奇妙な出会いだった。あの初遭遇のキャンプ場ではもう二度と会わないだろうと思っていたのに。

「黒山君！」

「っ⁉　は、はい！　どうしましたか？」

「それはこっちの台詞《せりふ》だよ？　呼びかけても反応ないし、どうしたのかなって思ったよ？」

肩が触れあうほど至近距離にいた木村先輩は若干頬《ほお》を膨らませている。仕草の一つ一つが可愛《かわい》さに溢《あふ》れている人だと思う。

それにワイシャツだけなせいか余計に体のラインが強調され、俺は目のやり場に困ってしまう。こういってはあれだが、この人は存在自体が男子高校生の理性を試す兵器みたいな人なのだ。

俺が半歩隣にずれようとしたときだ。木村先輩の視線が俺の手、いやその先。俺が手に掴《つか》んでいる本へと向けられていることに気づく。

「それってアウトドアの本？」

「へ？」

「だってそれ、黒山君が希望を出して図書室に置いてくれた本でしょ？　土井先生が言っていたよ。すっごく熱心で教師人生で三番目に驚いたって」

「熱心ではないですよ、仕事ですし」

「ふふ。またまたぁ。ただこの本を希望していた人は嬉《うれ》しかったと思うよ。自分の思いを応援してくれたってことだし。あ、こんなに貸し出しされている――この名前って、文《ふみ》ちゃん？」

あ。まずい。この人は恋愛脳だった。

俺は直感的に面倒くさいことになる予感がして、急いで本を閉じる。

だがもう遅い。俺は見られてしまった。こういう場合は下手に弁解するよりも、真実を伝えた方がいい。

「そ、そうなんですよ。実は後で気づいたことだったんですけど、本当に世間って狭いなって思いました。ははは」

「黒山君？　どこか具合でも悪いの？　笑い方がおかしいよ？」

俺の乾いた笑い声を木村先輩は一刀両断してくる。

ああ、そうだよ。俺はこういう誤魔化《ごまか》しが上手《うま》くない。どういう態度が普通なのか全く分からないし。澪《みお》曰《いわ》く友達作れば違うよと言うが、そんな不純な目的で友達なんて作れないだろ？　というか俺は友達を作れないのではなく、作らないのだ。

するると隣からクスクスと笑い声が聞こえてきた。

「木村先輩？」

「ごめんなさい。実は知っていたんだよ、私。黒山君が文ちゃんの希望していた本を図書室に入れてくれた人だって。勿論、キャンプ仲間だっていうことも知っている」

「木村先輩って意外と意地悪ですよね？」

「ふふ、照れちゃうなぁ。でも君も誤魔化そうとするのはめ！　だよ？」

朗らかににこにこと微笑む木村先輩はいつも通りだ。この笑みを見たらまた惚《ほ》れてしまう男子生徒が増えてしまうだろうな、と本当に思う。

「おう。頑張っているかって、なにじゃれ合ってるんだ」

図書室のドアを開けて、入ってくるのは熊。じゃなくて、熊みたいな大柄な体を持つ土井先生だった。白いワイシャツを着こなし、胸筋や二の腕は鍛え上げた筋肉で盛り上がっている。これで数学教師とか反則だろうと思ってしまう。

「あ、土井ちゃん！　手伝いに来てくれたの？」

「土井先生だ。先生をつけろ、先生を。ほら、差し入れ持ってきたぞ。少し休憩にしよう」

「ありがとうございます」

「私の好きな紅茶もある！　流石《さすが》気遣いの鬼ぃ」

「木村、親しき仲にも礼儀ありって言葉を知っているか、うん？」

パンパンと土井先生の背中を叩《たた》く木村先輩は嬉しそうにペットボトルを受け取り、土井先生は渋い顔をしている。

俺は手渡されたペットボトルを受け取りながらお礼を言う。

……あ、このスポーツ飲料水。俺が前好きだって言ったやつだ。

本当に気遣いの達人か、この人。実際に土井先生は生徒からの評判も高い。でもこうして土井先生をちゃん付けするのは木村先輩だけのような気がする。

俺と木村先輩は近くのテーブルにつき、土井先生が真向かいに座った。

「黒山も急にすまんな。アルバイトとかは大丈夫だったか？」

「はい、大丈夫です。店長が腰を痛めてしまって臨時休業中だったんで」

「そうか……ただ、黒山もだいぶん高校生らしくなってきたな」

土井先生の言葉に俺よりも早く木村先輩が頷《うなず》く。

「あ！　それは私も思ったかも。土井ちゃんもなんだ？」

「当たり前だろ。黒山が図書委員に入った当時は、扱いが大変そうな奴《やつ》がきたなと身構えたしな」

「そうだよねぇ。私も黒山君と話して刃先がギザギザの尖《とが》ったナイフみたいな子だなぁって思ったもん。あ、そんなに心配そうな顔しないでよ、黒山君。大丈夫、今は黒山君のこと本当は誰《だれ》も傷つけない玩具のナイフみたいな人だって思っているよ」

両手を胸の前でむん！　と擬音が聞こえそうな感じで拳《こぶし》を握る木村先輩。真向かいの土井先生は笑いを堪《こら》えるように眉間を押さえて震えている。

いや、本人を前に言わないでほしい。というか入学時の俺ってそんなに面倒くさい感じだったのか？　確かに若干人間嫌いにはなってはいたが、そうか。尖ったナイフか……。

腕を組んで思い出していると土井先生が口を開く。

「入学時代といえばお前も相当だったぞ？　木村」

「へ？　私ですかぁ？」

「ああ。木村と、最近だと石川《いしかわ》……ああ、あとは四海道か。お前らは色々と目立つからな。ただ目立つだけならいいが、それぞれ別方向に癖《くせ》が強くて、ベテランの教頭も常に頭を抱えていた」

「ええ？　酷《ひど》くないですか？　それ」

「分かる気がします。心中お察しします」

「黒山君？　私は君を、先輩を簡単に裏切る子に育てた覚えはないよ？」

「育てられた覚えもありませんね、俺は」

今度はプンプン、と怒り出す木村先輩。ただ木村先輩には申し訳ないが土井先生の言葉は分かる気がする。

真面目《まじめ》な委員長風だが、優しく芯《しん》も強く、無意識な言動で男子生徒の心を奪ってく木村先輩。黙っていれば男も惚れる外見と、熱い言動が人気な石川先輩。

一匹オオカミみたいな自由なクールビューティー。高嶺の花と言ってもいい四海道先輩。

確かにこの生徒たちを担当する教師陣は胃が痛くなりそうだ。

「暢気《のんき》にしているがお前もだぞ、黒山。今年だとお前ともう一人、二組の奴だが相当癖が強いと話題になっている」

「俺が？　嘘《うそ》ですよね。笑えませんよ、土井先生」

「笑わせようとしてはいない。本当の話だ。まぁ、最近はその癖がマイルドになってきたとは思うがな」

思わぬ所から飛んできた矢に俺は驚いてしまう。いや、俺を先輩方と比べるなんて失礼だろう。俺は少なくとも面倒くさいだけだし。実害はないはずだ。

ずいっと、テーブルに乗りだした木村先輩が、どこかニヤニヤしながら俺をちらりと見る。

「それは私も思っていたよ。土井ちゃんも分かっていたんだぁ。最近は違うよね、黒山君変わったし」

「ああ、そうだな。どこか社交的になったというか。面倒くささに磨きが掛かって全方位に敵意を向けなくなったというか。ゴールデンウィークからか？」

「そうそう！　そのぐらいだよね。実は文ちゃんと知り合ったぐらいからなんだよね。ねー？ねー？」

「……」

「ふみちゃん？　ああ、四海道のことか——ん？　待てよ、そういえば、お前が新書要望で俺に訴えてきたのも四海道の要望だったよな？」

この空気は良くないな。俺が口を開こうとするが、それよりも早く木村先輩がテーブルを両手で軽く叩く。

「そうなの！　しかも黒山君は文ちゃんとキャンプ仲間でもあるのです！　土井ちゃん！　これらの要素が導くアンサーは⁉」

「ふ。数学教師には些《いささ》か簡単すぎるな……論理的に考えて黒山と四海道は友達、だな？」

キメ顔で土井先生は顎に手を当てる。

「土井ちゃん、それはないよ。現役《げんえき》女子高校生的に、その発言はマイナス百億点です。だから結婚できないいんだよ」

真顔で土井先生に指摘する木村先輩の声は冷え切っていた。いつものほんわか天使様はどこに行ったのだろう。寒いな、もう初夏なのに図書室が寒い。

ただそうか。友達、に見えるのかと俺は少し嬉しくなる。友達って誰かに言われたのはいつ以来だっただろうか。ペットボトルに口をつけ、俺は自らの交友関係の狭さに苦笑した。

土井先生は納得できないのか首を傾げ、缶コーヒーを開ける。

「友達じゃない？　じゃあ、何だって言うんだ？　あと大事なことだから言っておくが、俺は結婚できないんじゃなくて、相手がいないだけだ」

「ニブニブだね、土井ちゃん。これは片恋だよ」

「片恋？　片恋ってなんだ？」

「片方が恋してる、ってこと。ずばり黒山君は文ちゃんに恋してる！　当たりでしょ？」

「ぶっ⁉　ゲホッ！　何をっ」

「おいおい。大丈夫か、黒山。お前も悪乗りしすぎだ、木村」

何を言い出すんだ、この人は⁉　恋愛話になると頭のネジが緩み出すのか？　事実だけど。好きだけどさ！

「ご、ごめんなさい。だけど、話を聞いているとそんな感じがして。私の中の恋愛センサーもビンビンきてて」

「恋愛センサーって何ですか。木村先輩は恋愛小説を読み過ぎなんですよ」

「だってだって」

「だってもへちまもありません。俺と四海道先輩は確かにキャンプしたり、とと、友達かもしれませんが木村先輩が想像するような関係ではないんです。四海道先輩にも失礼ですよ」

年上に失礼かもしれないが、ここはははっきりと宣言しておかなければならない。今後の委員会活動にも支障がでるし。それに友達という表現も、本当は駄目かもしれないが、勢いで言ってしまった。これは反省だ。

「はは。これは引き下がるしかないな、木村。ただまぁ、生徒が新しい人間関係を築いて、見識を広めていく様子は教師としては両手を挙げて喜ぶべきことだ。インドア卒業か、黒山?」

「それはないです。宝くじで一等が当たるぐらいにありえないことです」

俺は即答した。インドアを卒業? 土井先生も冗談にしていいことと悪いことがあるだろうに。

指を折り、俺は身を乗り出す。

「いいですか? 確かにキャンプは楽しいです。自分でテントや調理器具を揃《そろ》えたり、キャンプ飯を考える。テントを設営して、周辺の観光名所巡りもありです。それに隣で笑顔――」

「笑顔?」

脳裏に過《よぎ》る笑顔で、楽しんでほしい人の顔が思い浮かび、口が滑りそうになるが咳払《せきばら》いで誤魔化した。

「何でもないです。とにかくキャンプは楽しいですが、インドアが負けるとは心外です。インドアは全《すべ》てにおいて想定外が発生しない、人類が行き着いた完成されたライフスタイルなんですから」

「おおぉ……まぁ、俺としては健全に高校生活を楽しんで貰《もら》えればいいんだ。いいか？　何事も健全に、だ」

「当たり前です。やましいことなど何一つないですし」

と、宣言して話は終わるはずだった。

バン！　と図書室のドアを開いた来訪者の言葉がなければ、だ。

「おいおいおい！　黒山、お前っ！　相談には乗ったけど、いきなりオオカミ先輩とお泊まりはまずいだろ！」

「……黒山」

「く、黒山君っ」

焦《あせ》った石川先輩の来訪に土井先生は眉間に皺を寄せ、木村先輩は顔を真っ赤《まか》にして口元を隠す。

「石川君？　何を焦って――――あら？　黒山君？」

パタパタと小走りでやってきた足音と聞き慣れた女性にしては低い声。石川先輩の後ろから顔を覗《のぞ》かせるのは四海道先輩だ。

俺はどうかって？　決まっているじゃないか。今すぐ自室のベッドにダイブして、引きこもりたい気分です。

「……しかし、定山渓《じょうざんけい》に小樽《おたる》か。温泉と小樽ビールも久しく味わっていないな」

◆

「あれ？　土井ちゃんってお酒弱いんじゃなかったっけ？」

「弱くても飲みたい時はあるものさ。お前らも大人になれば分かる」

ようやく誤解を解いてくれた土井先生が苦々しく笑う。やはり大人になるとビールとかが好きになるのだろうか？　身近だと四海道先輩のキャンプの師匠である草地《くさじ》さんも弱いのにお酒が大好きだし。

土井先生たちの後ろでは石川先輩が四海道先輩に謝っている様子が見えた。

まさに美男美女の組み合わせってこういうことを言うんだろうな、とこの二人の姿を見て、俺は思ってしまう。

「すみませんしたっ！　俺、勘違いしてて」

着崩したワイシャツと短髪。引き締まった体と整った顔立ちの石川先輩は気さくで人当たりもいい。いわゆる陽《よう》の人間で面倒見もいい、頼りになる先輩だと俺も思っている。

「別に気にしてないわ。頭を上げてくれると助かるんだけど」

ちらちらと俺に助けを求めてくる四海道先輩はいつも通りのクールな表情だ。艶《つや》やかな黒髪をサイドテールにして、長い両足は黒タイツに包まれている。木村先輩と双璧をなす美女と名高いが、先輩を見て、内心こういう話は苦手なんだろうなと俺は感じている。

「本来、こういうのは間に入るべきじゃなかったんですけど。あいつには厳しく言っておくので、嫌いにならないでくれると助かるんです」

「ならないわよ。このぐらいじゃ」

ほっと胸を撫でおろす石川先輩と未《いま》だに俺に目線を送る四海道先輩。ここで助け船を出したらまた振り出しに戻ってしまうから俺は心を鬼にする。

「……」

どうしてこんな状況になったかというと、全ては四海道先輩に石川先輩の後輩が告白して、振られたことが発端だった。

納得がいかない後輩が四海道先輩に振られた理由を聞こうと詰め寄り、石川先輩が間に入ってその後輩を宥《なだ》めてくれたらしいのだ。

石川先輩が一応、振った理由を教えてほしいと尋ねて、四海道先輩は恋愛に興味がないと答えたらしい。

土井先生の隣に腰掛けた石川先輩に土井先生はにやりと笑みを浮かべて問う。

「謝罪は済んだか？」

「いや、ははは。騒がしくしてしまってすみません」

「ふふ。いつもなら叱っているけど、今は閉室中だから大丈夫だよ」

「あざっす」

申し訳なさそうな石川先輩に木村先輩は優しく微笑む。いつも通りの図書室の雰囲気を感じ、俺もようやく胸をなで下ろそうとするがそうもいかない。

石川先輩と同じく戻ってきた四海道先輩は無表情だが、その双眸《そうぼう》は俺を非難するように鋭い。

「隣、失礼するわね」

「……はい」

俺の左隣に座った四海道先輩の声は冷え切っている。言葉に出さずとも「助けてくれないとか酷いのね、黒山君」と言われているのが分かる。

ただ俺から謝るのも疑念を抱かせたり、四海道先輩に気を使わせそうで上手く言葉が出てこない。

すると俺と四海道先輩の雰囲気を感じ取ったのか、木村先輩が両手をパン、と叩く。

「そうだ！　文ちゃんと黒山君ってキャンプしてるならご飯とかも作っているんだよね？」

「え？」

「ほら、文ちゃん、この前も料理本を借りていったじゃない」

木村先輩が言っているのは恐らく、この前図書室で四海道先輩が借りていた料理本のことだろう。あれから四海道先輩はちょくちょく図書室が開いている時間にも訪れ、本を借りにきているらしい。

四海道先輩は頷き、土井先生が反応する。

「意外だな――――すまんすまん。そう睨《にら》むな、四海道。いや、お前が選択授業で調理実習を毎回外していたから苦手だと思っていてな」

「……苦手、でした。ただ今は違います。少し意地悪だけど、頼りになる先生がいるので」

「黒山のことか？」

「はい」

断言されてしまい、図書室にいる全員から視線を浴びてしまう。流石にここは説明しないと駄目だな、と諦《あきら》めながら俺は口を開く。

「まぁ、家でも料理しますから。少しぐらいなら」

「少し？　謙遜は良くないわ。黒山君の料理は凄いのよ。初めてのキャンプではご飯を炊いて、焼きおにぎりを作ってくれたり。チーズフォンデュとか、料理の手順も詳しいし」

饒舌《じょうぜつ》に語る四海道先輩の声はどこか誇らしげで、俺は凄く尻《しり》が落ち着かない。何というか、家族が授業参観に来ているような感覚に似ているかもしれない。

「私が困っているときも的確に指示出ししてくれたし、今じゃ私よりも調理系のギアについて情報得ているもの。ええ、本当に黒山君の料理は凄いのよ」

四海道先輩は俺を褒め殺しにしてくる。先ほどの意趣返しかと考えるが、それはない。四海道先輩は嘘が苦手なタイプの人間だ。だから余計にたちが悪い。

本心の称賛ほどこそばゆいものはないのだから。

そんな四海道先輩の話を土井先生はニマニマと俺を見ながら聞き、石川先輩は純粋に聞き入っている様子だ
「すげぇ。黒山、料理できるのか。俺なんて包丁も握ったことがないぜ？」

「石川。今の時代は男でも調理スキルが必須の時代だぞ？　だが四海道がそこまで褒めるとなると、黒山の料理の腕が気にはなるな」

「土井ちゃんも？　ふふ。そこで提案します！　今いる図書委員メンバーで夏のバーベキューを開催することを木村彩愛が提案します！」

ガタッと、椅子《いす》から立ち上がり片手を挙げる木村先輩。呆気《あっけ》にとられる俺たちの反応は望んだものとは違うのか、木村先輩は「はいはい！　提案します！」とぴょんぴょんするせいで、自分も含めて男たちはとっさに顔を背《そむ》けたのは言うまでもない。

「き、木村さん。落ち着いて。でも、どうしてバーベキューなのかしら？」

「それは勿論、夏だからだよ。あ、文ちゃんと石川君も参加だよ」

「俺もいいんすか？　俺、野球部だけど」

「私に関しては部活入っていないけど」

「もう。そこはノリだよ、二人とも。少なくとも私は黒山君の料理が食べたい。食べたいよ」

「いや、俺の料理はそんな自慢できるほどじゃないです。それにバーベキューは、その、ただ

外で肉を焼くだけですし」

何というか、偏った考えかもしれないがバーベキューは陽キャの人たちが行うイメージが俺の中で強い。それに結局はただ外で肉や魚介類を焼くだけだし、作りがいがないというか。

だがそんな俺に思わぬところから反論が出てきた。両腕を組み、深く溜息《ためいき》を吐いた土井先生だ。

「ただ肉を焼くだけ？　黒山、それは本気で言っているのか？　だとしたら四海道が言う料理上手もたかが知れているな」

「っ！　でも実際に」

「いえ。土井先生の言う通りよ、黒山君。体験しなければ分からないこともあるわ。私も先日インドアライフの楽しさを黒山君の家──」

「よし！　いいでしょう！　やりましょうか！」

「おぉ！　乗り気だな、黒山。バーベキューとか部活の奴らともやってないし、テンション上がってくるぜ！」

「そうだね。私も思いつきで言っちゃったけど、なんかワクワクするね」

俺が力強く言うと木村先輩と石川先輩は朗らかに話し始める。

だがそうするしかなかった。あの場で俺がこの流れに乗らなければ四海道先輩がとんでもないことを言うところだったし。ただの先輩後輩って言っているのに家族がいない自室で二人きりで遊ぶとか匂《にお》わせ以外のなにものでもないだろ。

「バーベキュー、ね。何のお肉を選ぶかが重要ね。それに次のキャンプの参考になるかもだし」

「先輩はお肉好きですしね」

「ん。それもあるわね、確かに」

小さく拳を握り、微笑を浮かべてくる四海道先輩に俺は何とかいつも通りに言葉を返す。ただ不意打ちの笑みは本当に心臓に悪くて、控えてほしいが、それ以上に機嫌が直ってくれて良かった。

「……」

……なんか凄く不思議な気分だ。

元々、俺は社交的じゃないし、積極的に人間関係の構築をしていくタイプじゃない。だから学校では互いに傷つかないぐらいの距離感で過ごせればと思っていた。

ただ、こうしていると、凄く信じられないというか、過去の俺が今の俺を見ていたら絶句していたかもしれないと俺は思ってしまう。

キーンコーン。カーンコーン。

下校を知らせるチャイムが鳴り、時刻を見るともう十七時になったところで、随分と話し込んでいたことに気づく。

土井先生が椅子から立ち上がり、罰が悪そうに顔を顰《しか》めた。

「長居しすぎたな、これは。ほら、お前ら。学生は帰宅準備だ、帰宅準備。バーベキューするなら場所は俺が探しておく。木村、全員の調整が済んだら連絡してくれ」

「了解！」

「気持ちのいい返事だな、全く。ああ、それと黒山。結果的に料理担当にしてしまったが、ちゃんと買い出しの際はレシートを持ってくるように。生徒に金を出させるわけにはいかないからな」

「わ、分かりました。ありがとうございます」

ヒラヒラと手を振り、去って行く土井先生。俺も四海道先輩たちと実際にバーベキューをいつするか相談しながら図書室を出て行く。

駅まで向かう最中、四海道先輩が木村先輩と談笑している姿を見ていると、石川先輩に横腹をつつかれる。

「楽しそうだな？」

「そうですね。四海道先輩も、木村先輩も。なんだかんだ言って土井先生も楽しみなんじゃないですか」

「ちげぇよ」

「？」

「お前だよ。いつもより笑顔多いしさ。あ、勿論、俺も楽しみだけどよ」

にしし、と犬歯を見せて笑う石川先輩に俺は肯定も、否定もできなかった。なんか本当に不思議な気分だった。

◆

図書委員メンバーでバーベキューを行うことが決まった夜。ゆるふわのイメージが強い木村先輩の予想外の行動力ですぐにグループラインが作られた。互いの予定を照らし合わせると、来週土曜日の午前中に開催が決定した。

俺は自室でバーベキューについて調べているとドアのノック音で振り返る。

「お兄ちゃん？　いま大丈夫？」

「ああ、大丈夫だよ」

澪の声に応《こた》えると、ドアが開かれる。そこにはショートパンツにタンクトップというザ・部屋着という格好の澪がいた。片手にはアイスキャンディーを持っている。

「はい。アイス。部活帰りに買い過ぎちゃったから」

「ありがと。どうした？」

「んん？　別に何でもないよ」

アイスを手渡されて、お礼を言うが澪は部屋を出て行く様子がない。

こう見えて俺の妹は意外と言いたいことは言えない性分だ。何というか、社交的で、友達も多い人気者だが、空気を読みすぎてしまうというか。

だからこういうときの澪はきっかけを探しているのだと俺は知っている。ちらりと俺は開いたままのPCから目を離す。

「澪はバーベキューとかしたことあるか？　今度、委員会ですることになって」

「学校の委員会で？　お兄ちゃんが？」

「ああ。お前の兄貴がバーベキューだ」

「んんん。似合わないね。しっくりこない」

「正直に言いすぎだ。まぁ、俺もそう思う」

二人で笑い合い、澪はベッドに腰掛けた。視線を彷徨《さまよ》わせ、部屋の隅にあったガスランタンを引き寄せる。指でランタン部の曲線をなぞっていき、澪は俺を見る。

「いやぁ、ここ最近のお兄ちゃんは私の予想の上ばかりいきますなぁ」

「予想の上？」

「そうそう。だって、キャンプにアルバイト、学校外で食事でしょ？　草地さんみたいな格好いい社会人のお姉さんとも繋《つな》がりあるし、インドアインドア言い続けてきたお兄ちゃんから想像できないでしょ」

確かに四月頃の俺ならば今の生活は想像できないだろう。

「妹の私としてはお兄ちゃんの成長はすっごく嬉しいし、将来も安泰だと喜んでいるパパやママのことも分かるわけだけど、妹としてはちょっとだけ複雑なんですよ」

「成長、か。そんな変わっていないぞ、俺は。今でもインドアライフこそ最高の人生スタイルだと思っているし」

「……ニブチンが。ああ、もう。四海道先輩も大変だね、こりゃ」

「どうしてそこで先輩が出てくるんだよ？」

俺の言葉に澪は両足をぷらぷらとさせ、アイスキャンディーをかみ砕く。

「ああ、もう。私らしくないな。だからそんなに急速に変わっちゃうと、背中が見えなくなるって言ってんの」

「つまり？」

「構え！　可愛い妹が兄を求めてるの！」

「はは、じゃあ、久しぶりにやるか、対戦」

「……受けて立つ」

悔しそうに頬を赤らめて宣言する妹の想《おも》いに兄貴は応えなければならない。確かに最近は図書委員活動、キャンプやアルバイト。澪と二人でゲームをしたりする時間がなかった。

澪はふんすとやる気を出しながらベッドを降り、座布団を持ってきて俺の隣に座る。

対戦するのは四海道先輩と遊んだゲームとは別、ナンバリングタイトルも十を超えてきたボードゲームを題材にしたゲームだ。

テレビに表示される映像に俺と澪はのめり込んでいく。笑い合ったり、時にはだまし合ったり、煽《あお》り合ったり。

兄妹仲がいいね、と四海道先輩に言われたが、確かにそうかもしれない。というか、澪が俺には勿体ないくらいにできた妹なのだろうと実感する。

「あ！　六マス！」

「マイナス九百六十万……金銭感覚がバグるな」

「ね――――」

ちらりと澪を見ると、澪も俺を見ていたのか視線がぶつかる。

「どうした？」

「お兄ちゃんこそ」

「別に何でもないさ」

またゲームに戻る。ただ。今度は澪から話しかけてくる。

「バーベキューで何作るの？　お兄ちゃんのことだから何か仕込んでいくんでしょ？」

「ん。いくつか考えているけど、どうせなら今度のキャンプでも使える料理にしたいなって」

「へぇ……」

候補はある。土井先生が資金を出してくれたとしても、限度はあるし、先輩方も高校生だ。量もそれなりにいるだろう。

「……」

それにしても気づかないと思っているのだろうか？

隣で何気なくゲームしているが落ち込んだ時とか、何か言い出せない時とかに唇を軽く嚙《か》む癖がでていることに。分かりやすいなぁ、と思いつつも俺は画面を真っ直《す》ぐ見つめながら言う。

「だからさ、今度の家族キャンプでも作ろうと思うんだ。その、期待しててくれ」

「っ！」

息を吞む声が聞こえ、肩に軽く小さな拳がぶつかる。見れば照れくさそうに笑う顔がある。

「お兄ちゃん、妹の心を読むとかキモキモだよ」

「笑顔でキモいとか言うな」

「だってしょうがないじゃん。あぁ、やっと妹離れしてくれたと思ったのにぃ、まだまだ私も彼氏作れそうにないなぁ。困った困った」

どこか嬉しそうな澪の顔を見て、俺も笑う。

確かに俺は変わったのかもしれない。ただ、その一方で変わらないこともあるのだ。

◆

「お！　来た来た！　火は着け終わっているぜ？」

「遅れてすみません……先生方はラフですね」

「そうか？　普通だと思うけど？」

「黒山、お前は細すぎるぞ。肉は食っているか？」

雲一つない快晴の下。河川敷で佇《たたず》む土井先生と石川先輩は俺を見て、苦笑いを浮かべている。

石川先輩はTシャツに短パン。両手首のリストバンドがスポーツマンらしい。胸板やむき出しの二の腕にしっかり筋肉がついており、いわゆる細マッチョ体型だ。

土井先生は緑のワイシャツにベストという出で立ちで、衣服越しに主張してくる強靱《きょうじん》な肉体。知的な雰囲気を醸し出すサングラスと帽子といった具合で、大人らしい男的なファッションは格好いいのだが、知性溢れる野生のクマ感が増している。

「適度に食べていますよ。というか、土井先生真っ黒じゃないですか。石川先輩もいつもより日焼けしているし」

「ああ。放課後は部活で走り回っていたしなぁ」

「夏は色々と見に行く場所が多いからな。登山、家庭菜園も順調だし」

何気なく笑うが、俺にはそこまでアクティブに外に出ることはできないな、と実感する。

俺は手に持ってきた食材をテーブルに並べ、バーベキュー台を眺める。網の下には炭が並べられ、白熱した部分が多くなってきて、いい感じに熱せられているのが分かる。

「これは土井先生の私物ですか？」

「ああ。昔、教員方で親睦会があってな。そのときに買ったんだ。まぁ、私用でも使わせてもらっている」

「私用？」

「浜辺で魚介類を焼いたりしているんだ。釣りもいいが、今年は素潜《すもぐ》りにも挑戦してみようと思っている」

「釣りって、本当に土井先生はアクティブすね……しかし、素潜り」

「ええ」

「なんだお前ら？　眉間に皺を寄せて」

土井先生が素潜りしている姿を思い浮かべ、俺は首を振った。

「こいつとももう結構長い付き合いだが、頑張ってくれているし、愛着が湧いているのかもな」

優しげな表情でバーベーキュー台を眺める土井先生の言葉に俺は声に出さずに共感してしまう。分かる。凄く分かる、その気持ち。

俺もキャンプで使用したギアに愛着を少なからず持っているからだ。

「さて、いい具合だな。ちゃんと弱火、中火、強火になるように炭は並べているぞ、黒山料理長？」

「っ」

ニヤリと分かる土井先生の言葉に俺は息を呑み、反芻《はんすう》する。

「料理長……いい響きですね」

「ノリノリだな、はは。じゃあ、俺は盛り上げ隊長って感じで、よろしく！」

石川先輩が親指を立てて、笑う。だがその役職は石川先輩の人となり的には合っているかもしれない。それにしても料理長か。

テーブルに並べたのはトウモロコシ、ピーマン、椎茸、牛肉、エビ、イカ。あとは仕込みで作ってきたこれ。評判が良ければ今度のキャンプでも試してみたい。

「色々あるな。お、モロコシもあるな」

「はい。焼きトウモロコシを作ろうと思って」

「すげぇ。焼きトウモロコシとかお祭りの屋台でしか食ったことないわ、俺」

「はは。そうだな。俺もだ。しかし、女性陣は随分と――来たな」

土井先生がテーブルから顔を上げ、俺も釣られて顔を上げる。

河川敷の向こう側から黒光りするバイクが見えたのだ。俺としては小樽キャンプ以来の四海道先輩の相棒、ベルちゃんだ。徐々に速度を緩め、土井先生の車の近くに停車する。

「ごめんなさい。道が混んでいて、少し遅れてしまったわ」

ヘルメットを取って謝ってくる四海道先輩はベルちゃんから降り、タンデムシートに座っていた搭乗者に手を伸ばす。

「木村さん、大丈夫？」

「う、うん。す、凄いね。私、初めてバイク乗ったかもっ！　ビュンビュンって、文ちゃんのバイク格好いいし、なんか凄かった！」

「ふふ。大袈裟ね」

タンデムシートから降りた木村先輩は興奮気味で、両手をぶんぶんさせて自らの感情を伝えている。ベルちゃんを褒められると俺も嬉しくなるのは何でだろう。

四海道先輩はレザージャケットを腰にまき、シャツとジーンズというキャンプ時の見慣れた服装で、この前家に来た時の服装とのギャップというか、俺としては凄くしっくりする格好だった。

そして、木村先輩の私服姿も花柄のワンピースにレディースパンツ、いつも三つ編みにしている髪をアップにして、何というかこの私服姿を学校の男子生徒が知ったら、もう告白が止まらないだろうな、と言うぐらいに可愛らしい感じだ。

四海道先輩たちには飲み物の買い出しをお願いしていた。ペットボトルを取り出している最中に四海道先輩と目線があい、小さく手を上げてきたので、俺も頭も下げる。

「バイクか……らしいな」

土井先生は興味深げにベルちゃんを眺め、石川先輩は言葉を失ったように四海道先輩を見つめていた。

「石川先輩?」

「あ、いや。なんかオオカミ先輩、じゃなくて四海道先輩って、学校とイメージが全然違うのな。バイク乗るとか格好よすぎだろ。あのバイクもセンスがいいし」

「分かります。ベルちゃ――んん。バイクも格好いいですよね。移動も楽しそうです」

黒光りする装甲に無骨な駆動部。小柄に見えてカスタムすることで想像以上の積載を可能にする。実に頼もしい相棒だと本当に思う。風を体で切る感覚も意外と癖になる。

そういえば俺も今月で十六歳だ。アルバイトを頑張って免許を取ることも視野に入れていきたい。免許さえ取得できれば四海道先輩の負担も減らせるし、何より俺もベルちゃんのハンドルを握ってみたいと思う。

石川先輩の反応がないことに気づき、隣を見ると石川先輩は俺を観察するように見ていた。

「どうしましたか?」

「いや。くく、黒山はやっぱり黒山だなって。でもそんなお前だから四海道先輩は気を許したんだろうな」

肩に手を置かれ、ぐいっと引き寄せられる。俺の耳元で石川先輩は喋《しゃべ》る。

「四海道先輩は俺も美人だと思うぜ? 告白して振られたダチも、外見に惚れた奴らが大半だ。

でも、あんな表情は学校でも見たことないし、俺も事情を知らなきゃ惚れていたかもしれない」

「っ！　石川先輩は四海道先輩を？」

微《かす》かに感じる痛みは気のせいじゃない。だって俺は自覚しているから。もし四海道先輩の隣を歩くとしたら石川先輩のような人が相応《ふさわ》しいと。

ただ石川先輩は俺の言葉に首を振る。

「ああ、違う違う。あいにくと俺には想い人がいるんだ。浮気《うわき》はしねぇ。愛する人に失礼だからな。あ、これ絶対に内緒な？　ダチにも言ってないんだからな」

「……石川先輩って見た目はチャラいですが、本当に硬派ですよね。お世辞とかじゃないですが、格好いいと思います、本当に」

「はは！　先輩を煽《おだ》てても缶ジュースぐらいしか奢《おご》れないぞ。よし！　じゃあ、食うぞ、料理長！　俺は盛り上げていくから！」

流石は盛り上げ隊長。石川先輩は俺から離れて、木村先輩たちの側に向かっていく。

いい先輩だなって、本当に思う。俺とは違って、イケメンで、コミュ力の塊。後輩想いの先輩。

こうして高校で、気軽な掛け合いができるのも想像さえしていなかった。そして、思いがけず聞いた石川先輩の想い人の話に少しほっとしている自分の気持ちが暑さに拍車を掛ける。

「……暑。仕事しよ」

俺もバーベキュー台に近づき、調理を開始する。まずは火が通りやすいイカやエビを中火にしている網の上に置く。次に弱火の網にはトウモロコシを。トウモロコシは一気に焼いてもいいが、今日はハケで醤油を塗って味付けしていこうと思っているので弱火の方がいい。

網から上る熱気と照りつける太陽に額からじわっと汗がしみ出していく。すると左右から心地よい風が吹いてくるのだ。

「石川君！　料理長を元気づけるよ！」

「了解っす！」

「元気になれ〜〜〜〜」

「ムキムキになれ〜〜〜〜」

「いや、ムキムキはおかしいだろ、石川」

左には木村先輩。右には石川先輩が団扇を持って煽いでくる。真向かいでテーブルに皿を用意している土井先生が的確に突っ込みを入れてくれる。

俺も苦笑いを浮かべていると手に持っていたハケを奪われる。

いつの間にか隣に来ていた四海道先輩は微かに顔に自信を滲《にじ》ませながら口を開く。

「黒山君、手伝うわ」

「ありがとうございます。じゃあ、この醤油を使ってください。トウモロコシは皮なしだと焦げやすいのでこまめに転がすのがコツです」

「詳しいのね。ただこれは焼きおにぎりに通じるものがあるわね。ふふ、懐かしい」

頷く先輩はトウモロコシの状態を見つつ、小まめにハケでトウモロコシの表面を醤油で化粧していく。黄金色の粒が香ばしく色づいていく光景は見ていて楽しい。

「じゃあ、俺は肉を焼いていきます」

「そこは俺がひっくり返すぞ、料理長」

「……土井先生もノリノリですね。じゃあ、ここの肉をお願いします」

今回用意した肉はスーパーでよく見かけるお買い得パックの焼き肉セットだ。土井先生にトングを渡すと先生は二の腕に力こぶを作る。

「ノリに乗れなきゃ高校教師は務まらんぞ、黒山。癖が多い奴ら相手だと筋肉とメンタルが重要なんだ。筋肉は全てを救う」

「やっぱりムキムキが大事じゃねぇか」

「えぇ？　何事も適度にじゃないかな？　文ちゃんはどう思う？」

「え？　私？　そ、そうね……私はどうかしら？」

「先輩、焦げてます！」

「やってしまったわっ」

焦げ始めるトウモロコシに慌てる四海道先輩。筋肉論争を始める土井先生と木村先輩。何気に全員が心地よく過ごせるように団扇で煽ぐ気遣いの達人、石川先輩。

色々な表情を見て、俺は人目も気にせず笑みを浮かべてしまう。この人たちが笑っている姿を見ていたいなと思う。

自分でも、俺は面倒くさいタイプだと思うのに、こうして付き合ってくれていることは本当にありがたくて、でもこの時間は有限だ。

網の上の食材が食べ頃になってきて、ふいに誰かの腹が鳴る音が聞こえた。だが誰もそれを指摘することはない。この網の上で焼かれる食材を見れば誰だってお腹《なか》が空くんだから。

「いい感じに焼けてきたな。じゃあ、取り分けるか」

「お願いします。俺もメインを焼きます」

土井先生に取り分けを任せ、俺は持ち込んできた仕込み肉をタッパーから取り出す。

ネットで見つけたレシピで、夏にぴったりなピリ辛のスパイシーチキンだ。鶏モモ肉をフォークで突き刺し、そこに辛めの味付けをした調味料を揉《も》み込む。タッパーの中で更に味を染みこませれば完成だ。

実際のキャンプではスキレットなどでステーキにするのもいいかもしれない。

「こ、これは反則よ、黒山君」

スパイシーチキンを見た四海道先輩が声を震わせ、俺は声に出さずに手応えを噛みしめる。

肉が焼ける音と、食欲を誘うスパイシーな香りに胃袋が摑まれたような感覚に陥《おちい》る。

炎天下で辛い物を食べる。汗は出るが、これは気持ちのいい汗だろう。

土井先生が全員分の食材を皿に盛り付け、俺にも手渡してくる。

「ほら黒山も皿を持て。よし。じゃあ、お前ら……いや、ここは盛り上げ隊長、お前に任せるぞ」

「唐突過ぎ⁉　だが任されたぜ」

流石は石川先輩だ。今の無茶ぶりにも笑顔で応えた。俺たちは紙コップを互いに持つ。

「ええ、こほん。これから夏本番！　部活に受験？　今は忘れろ、羽目を外そうぜ！　黒山料理長に乾杯！」

「「「乾杯」」」

何故《なぜ》に俺⁉　と野暮《やぼ》な突っ込みはしちゃいけない。そのぐらい空気は読める。

俺たちは紙コップを掲げ、軽くぶつける。隣にいる四海道先輩と目線があい、互いに微笑を浮かべる。

「やっぱり石川君は盛り上げ隊長だね。ん！　このイカ、美味《おい》しい」

「否定はしないが学生の本分を忘れないでくれよ？　石川、俺はお前に言ってるんだからな？この前も数学のテスト赤点ギリギリだっただろう？」

「いや、俺野球で進学するんで大丈夫っす――肉うまっ！」

肉を食べ、リスのように頬を膨らませる石川先輩に土井先生が頭を抱え出す。

俺や四海道先輩たちも苦笑いを浮かべ、俺は頃合《ころあ》いになったトウモロコシをトングで土井先生の皿に置く。

「土井先生、トウモロコシもいい頃合いですよ」

「む？　すまん。おぉ、凄いな。醤油が適度に焦げて、匂いも食欲を誘う。っ⁉　美味い。醤油の味付けも適度にいいし。トウモロコシはやはりいい。実にいい」

焼きトウモロコシにかぶりつき、土井先生が唸《うな》る。

俺は隣にいた四海道先輩が小さくガッツポーズをしていることを見てしまい、先輩が恥ずかしそうに目線を逸らす。

「良かったですね」

「……黒山君も食べなさい。ほら」

「え？　俺は大丈夫ですよ」

「駄目よ。貴方は細いんだから」

「細い、ですかね？」

「バイクで抱きついてくるときに分かるんだから」

きっと少し睨みながら四海道先輩は俺の皿に肉とか、野菜とか、トウモロコシとかを乗せていく。

すると視線を感じ、真向かいの木村先輩がニコニコしていることに気づいた。もうそれは見惚《みほ》れるようなニコニコ顔だ。

「うんうん。いいと思うよ。凄くいいと思う。あーんとかしてもありだと思います」

「何がですか？　本当に何がですか？」

木村先輩は語らない。だが俺には声が聞こえてくる。声が聞こえていないのは四海道先輩だけだろう。

俺も皿に乗せてもらった肉を食べつつ、弱火で焼いていたスパイシーチキンに視線を向ける。香辛料で赤く染まった皮には焼き色がつき、俺はトングで全員の皿に運ぶ。

全員で目配せし、俺たちはスパイシーチキンにかぶりつく。

「んんん！」

両目を瞑《つむ》り、小さく唸るのは隣にいた四海道先輩だ。ただその気持ちは分かる。これは美味《うま》い。

しっかりと辛めに味付けした鶏皮はパリッと食感がいいし、砕けた皮の下の肉はアツアツで、肉の繊維が解《ほど》けるごとに口の中いっぱいに肉汁が広がる。鶏肉特有の少しあっさりとした肉汁の後、口の中に残るのは辛さ。舌先が微かに痺《しび》れる辛さが心地よい。

じわりと額に汗が浮かび、俺は反応を窺う。もしかしたら少し辛くしすぎたかもしれないな、と思っていると土井先生がニヤリと笑う。

「今後は学校でも料理長と呼ばせてもらうよ、黒山料理長」

「マジでこれはヤバイ。今年一ヤバイ。ヤバいぜ、黒山料理長」

イケメン度が増した真顔で俺の肩をパンパン叩く石川先輩は語彙力《ごいりょく》を失っていた。

「やるなぁ、本当に美味しいよ、黒山君。これはレシピ教えてもらわなきゃだね」

ペロリと唇を舐《な》めた木村先輩からの評判もいい。木村先輩は家でも結構料理をすると聞いたことがあるから、褒められると気恥ずかしいのだが。

そして、隣でクールをどこかに置いてきたと言わんばかりに満面の笑顔で食べている四海道先輩。俺たちが見ていることに気づくと、気恥ずかしさを紛らわすようにスパイシーチキンを皿に置く。もうその顔はクールさしか残っていない。

「黒山君、これは次のキャンプ飯候補なのかしら？」

「はい。事前に調理を済ませておけば焼くだけですし。鶏肉に、こだわらなくてもよさそうなので」

「そう。これは楽しみね」

「四海道、お前常にそうやって笑顔でいたほうがいいんじゃないかって⁉　木村、教師をハイキックで蹴《け》るな」

それはスパンっっ！　まるで雷光みたいな鮮やかで、キレのあるハイキックだった。

「土井ちゃんはデリカシーの欠片《かけら》を失った二十九歳男児なんですか？」

「……俺、木村先輩には絶対に逆らわないでおこう」

もうクールな表情だが、顔を真っ赤にしてプルプル震えている四海道先輩をよそに、土井先生と木村先輩は視線をぶつけ合う。石川先輩は木村先輩の切れが良すぎるハイキックを見て、真顔になっている。

そんな様子を見て、俺は吹き出してしまう。

「くっ、あははは」

「黒山君？」

目尻の涙を拭い、俺は顔を覗き込んでくる四海道先輩に何でもないと言う。だってそうだろ？　本当に何でもないのだ。だから不覚にも笑ってしまった。

すると土井先生が息を吐き、木村先輩を宥めながら俺を見てくる。

「ふむ。そういえば黒山と四海道はまたキャンプに行くのだろう？　行き先とかは決まっているのか？」

「いえ、まだ決まってはいないです」

「ええ。相談中ね。いくつか候補先はあるけど」

四海道先輩が候補先を挙げると石川先輩が口を開く。

「あれ？　でも結構遠い場所もあるんじゃないっすか？」

「それは私が乗せていくわ」

四海道先輩の言葉に続けて、俺は自分の考えを言う。

「実は今年の夏に免許を取ろうと思っていまして。そうすれば四海道先輩の負担も減らせると思うし」

「おぉ！　マジで？」

興奮する石川先輩とは違い、四海道先輩は少し驚いたように瞬《またた》きして俺を見る。

「あの話本気だったの？　黒山君が免許を？」

「はい。四海道先輩には取ってから言おうと思っていて。すみません、相談してなくて。ただ先輩とのキャンプで俺が運転できたほうがいいと思って」

「い、いえ。それは別に大丈夫なのだけど……そう」

俺は少し四海道先輩の様子が気になったが、それ以上聞くことはしなかった。

ただこれは前から考えていたことで、今月で俺も十六歳になる。そうすれば免許の取得が可能になるし、俺がバイクに乗れればギアを自分で持って行けるのだ。

「まぁ、学生らしく過ごしてほしいのは俺としては嬉しいが、四海道と木村は受験生だということを忘れずにな？　今の成績ならば問題ないと思うが」

「そこはしっかりとしていますから。内申点のほど、お願いしますね、土井先生？」

「ハイキック分はしっかりと減点しておくから安心しろ」

「土井ちゃんっ！」

「お前も笑っているが、俺はお前を一番心配しているんだからな、石川」

「え？　俺⁉」

快晴の空の下。微かに汗が滲む体はいつもならば気持ち悪いと感じるのに。キンキンに冷やした部屋の中で過ごすのが最高と思っていたのに。

なぜか、今はこの暑さが凄く心地よい。

ただ単純にこの空気が楽しいのだろう。そう、だからさっきもあんなに笑ってしまった。それだけだ。

そして、この時間は今年一年だけなのを俺は知っている。

だって来年にはこのメンバーでこの時間は過ごせないのだ。木村先輩と、四海道先輩は卒業してしまうから。

楽しげなバーベキューの時間は過ぎていく。俺にとっても初めてのことだらけで、だからこそ大切にしたいと思うのだ。

< AYA

## 幕間　7月9日(土)

こんばんは!　今日は楽しかったねぇ。
文ちゃん、勉強中?

絶賛数学と格闘中よ。木村さんもこんばんは

私、あんまり学校ではこういうこと
したことなかったからすっごく楽しかった
バイクに乗ったのも初めてだったんだ!
格好よかったなぁ

そういえば黒山君とキャンプ行くときは
バイクで行っているの?

そうよ。でも少し驚いたかもしれない

???　何が?

いや、その。彼が免許取ろうとしていたことが。
冗談で、話すことはあったけど

黒山君、見た目に反して驚くぐらいに
行動力あるよ?　委員会でも毎回意見言って
くれるし、好きなことに対して積極的というか

それは、知ってる。思い知っているから

あ。あれだね?
お家に突撃してきた時の話思い出してるね?

き、木村さん!　その話は忘れてって。
あとこの話は誰にも言わないでね?

分かってるよ?　モチのロンで。
墓の中まで持っていくよ

……

ふふ、またぬいぐるみ増えてる。
乙女だね、文ちゃん。じゃあ、私も紹介しちゃお

凄いわね。それは、アニメで
見たことがあるプラモデルね？

そう。塗装、頑張っちゃった。
でも、卒業までにまた皆で集まりたいね

卒業……そうね。できるなら、
私ももう少し歳を誤魔化したいわ

いや、それは駄目だよ!?

冗談よ

もう。でも文ちゃんと知り合うきっかけをくれた
黒山君には感謝してるし月末のプレゼントは
頑張って、力作プラモ作ちゃうよ

プレゼント？　黒山君に？

え？　だって黒山君、今月誕生日だよね？
んん？　その反応は、もしかして知らなかったな？
プレゼントあげるよね？

……うん。ただあんまり人にプレゼントあげたことなくて
私、その。迷惑でなければ手伝って、くれると、嬉しいというか

ふふ。それこそモチのロンロンだよっ!

ありがとう。木村さん

# 第3話　不器用な彼女と終わりを感じる夏

「では次のキャンプ先は富良野《ふらの》、で問題ないですか？」

俺《おれ》の言葉に四海道《しかいどう》先輩はコクン、と小さく頷《うなず》く。

「ええ。色々な場所あるけど、飛鳥《あすか》に見せてもらった夜景。あれを見てみたくて」

「そうですね。動画サイトとかでも載ってはいますが、あの夜景は俺も見てみたいです」

「分かるわ、その気持ち」

お互いのアルバイトまでの時間が重なったので駅まで歩きながら俺と四海道先輩は昨日の夜に話し合っていた内容のまとめを行っていた。

夕方ということもあってか人通りもそれなりに多い。他校の男子生徒がすれ違う際に、四海道先輩を見て、何度か振り返る光景を目《ま》の当《あ》たりにして、俺も四海道先輩を盗み見る。

……まぁ、振り返ってしまうよな、やっぱり。

夕焼け色に染まる整った顔立ちに優しい微笑を浮かべて、まだ見ぬキャンプへと想《おも》いを馳《は》せているのだろう。学校で見せるクールな表情ではなく、雰囲気も角が取れている気がする。

彼女の内面を知らずとも振り返ってしまう気持ちはよく分かる。だからこそ内面を知っている俺にとっては、その横顔は劇毒なのだ。

俺は一息吐き、スマホのカレンダーにキャンプ決行日を入力する。日付を見ると丁度俺の誕生日翌日の七月三十日が富良野キャンプだと気づく。

するとスマホの画面に影が落ち、俺は興味深げにこちらを見ていた先輩と目があう。口から心臓が飛び出そうになったのは言うまでもないが、何とか飲み込んで平静を装う。

「何してるんですか？　そんな面白《おもしろ》いことは書いていないですよ？」

「ふふ。何でもないわ。じゃあ、私もスケジュールに入力しておくわね？」

「……なんか気になるのですが」

「教えてほしい？」

「凄《すご》く悩みますが、遠慮しておきます」

明らかに聞いてしまうと面倒くさい予感がして、俺が断ると四海道先輩は不満そうに鼻を鳴らす。

いやだって、この顔はまた俺が悶《もだ》えることを言おうとしている顔だし。自らが苦しむ選択肢をあえて選ぶマゾ特性は俺にはない。

横断歩道の信号が赤に変わり、俺と四海道先輩は立ち止まる。昼よりもだいぶ涼しくはなったが、まだそれでも二十六度もあるし、早く安息地の喫茶店にたどり着かねば溶けてしまいそうだ。

俺は若干不機嫌そうにスマホを弄《いじ》る四海道先輩に声をかける。

「先輩も入力してるんですか？」

「……」

「先輩？」

「っ！」

声が聞こえていないのかと少し近づくと四海道先輩はびくっと、体を震わせ、急いでスマホを隠す。

「ど、どうしたのかしら？」

「え？　いや、先輩もスケジュールに入れているのかと思いまして」

「そ、そうよ。だって楽しみにしてるし――――ほら、青信号よ、いきましょう」

胸元《むなもと》にスマホを隠し、先輩はそそくさと歩き始めるので俺も慌ててついていく。確かにさっきちらりと四海道先輩の画面を見たが、二十九日、三十日に何かが打ち込まれていた。別にキャンプの予定ぐらいでそこまで恥ずかしがる必要はあるのだろうか？　それに二十九日は前日だし、何かあるのだろうか？

駅が見え始め、無言の先輩にギアや荷物の運搬方法といった話題を振ると、先輩の口数が戻っていく。気のせいか会話の合間、合間に何かを言い出しそうになっている気がするのだが。

「じゃあ、俺はここで。決めきれなかったことは今日の夜またＬＩＮＥですね」

「そ、そうね。黒山君《くろやま》もアルバイト頑張って」

「はい。先輩も」

駅の改札前。互いに別れようと俺が挨拶《あいさつ》をして離れようとすると先輩は俺を呼ぶ。

振り返ると四海道先輩は両手で鞄《かばん》を持って、戸惑うように視線を彷徨《さまよ》わせていた。俺は何事かと身構えてしまう。

「先輩？」

俺の声に先輩は口をパクパクさせて、唇を噛《か》む。本当にどうしたのだろう？　こんな先輩見たことがない。

絞り出した声を聞き逃さないように俺は先輩を見つめる。

「あ、その……黒山君は、お金があったら欲しいものとかあるのかしら？」

「お金があったら欲しいもの？　ああ、ギアですか？」

「え？　そ、そう。そうよ！　今度のキャンプは小樽《おたる》よりも少し遠いわ。中間地点の旭川《あさひかわ》で一泊して、富良野。それなりに費用はかかるから、新しいギアとか、その他に欲しいものとかあるのかなって」

「ああ、なるほど。そうですね。調理ギアも欲しいものがありますけど、前回のキャンプで先輩が使わせてくれたチェアに組み合わせてみたい品があって、それは買いたいですね」

小樽キャンプで四海道先輩が使わせてくれたチェアの座り心地を思い出す。あれは人を駄目にするチェアだった。だが、あれにあのネットで見かけたクッションを組み合わせれば最強だろう。まぁ、他にも欲しいものがあって悩むことは必至だが。

一人で頷いていると四海道先輩は軽く咳払《せきばら》いする。

「他には何かあるのかしら?」

「他に? それだと調理系のギアの新作も」

「なるほど。他には?」

何だ。何が問われているんだ? 両目に宿る光に押されながらも、俺は考える。

欲しいものを考えればそれは沢山ある。新作のゲームハードに本棚も欲しいな。あとは去年嵌《は》まったアニメのブルーレイBOX。最近興味を持ち始めた海外向けのボードゲームも欲しくなってきている。あれ、凝ってるんだよなぁ……やばいな、欲望が止まらない。

すると待っていた列車の到着を知らせるアナウンスが聞こえてきた。確か先輩はこの列車に乗らなきゃ遅刻するはずだ。

「先輩、急がないと。この列車を逃すと遅れます」

「え、ええ。そうね。私もアルバイトに遅れたらまずい、わね。じゃあ、黒山君。また明日」

「はい。先輩も頑張ってください」

「うん。そうね、頑張るわ」

吹っ切れたように小さく息を吐き、四海道先輩は微笑を浮かべる。

サイドテールを揺らし、四海道先輩は俺に背中を向けて改札を抜けていく。俺も先輩の背中を見送ってから小走りで喫茶店へと向かっていく。

キャンプで少しアウトドアを体験したから体力もそこそこについたと思っていたのだが、ゲームと違い、たった少し走っただけなのに俺の心臓は早鐘を打っていて、運動不足を痛感してしまう。

「でも、先輩なんか変だったよな。俺に欲しいものとか聞いてきて……ん？　待てよ」

喫茶店にたどり着き、バイト用の制服に着替えながら先ほどの先輩とのやりとりを思い出す。

俺は四海道先輩の不自然な挙動の一つ一つが繋《つな》がっていく気がした。

スケジュールの二十九日に打ち込まれた何か。

俺の欲しいものを探る様子。

「いや、まさかな。期待するな、俺。でも、まさか知っているのか？　俺の誕生日を？」

だとしたら嬉《うれ》しいが、その一方であんな愚直な聞き方をしてくると思えず、苦笑いを浮かべてしまう。

「ま、過度な期待や妄想は黒歴史を生むし、ないだろ、普通に」

俺は一人でそう結論づけた。

◆

「それは確実に探ってるね。それにしても下手すぎだねぇ、文香《ふみか》」

カウンターで珈琲豆の紙袋を整理していた俺に草地《くさじ》さんは口元に笑みを浮かべる。

パリッとしたカジュアルなワイシャツに七分丈のパンツ。手首にプラチナのリング、サングラスを頭にかけた草地さんは休日出勤の代休らしく、私服姿だ。

俺がアルバイトを開始した直後に来店したところを見ると、俺の出勤を狙《ねら》っている気がしてならない。

それに草地さんは見た目通りかなり鋭い人で、すぐに俺の心を読むように「何かあったでしょ、少年」としつこく言ってくるので俺も四海道先輩とのやりとりを話してしまったのだ。

マグカップに口をつけた草地さんが片目を閉じ、俺を探るように問いかけてくる。

「で？　少年はそれにどう答えたわけ？」

「どうって、過度な期待を持つのは身を滅ぼすだけだと知ってるので普通に答えました」

「えぇ？　それは面白くない。何事も模範解答だけだとダメダメだぜ？」

ニマニマとした笑みの草地さんに構っていると仕事にならない。俺はカウンターから出て、店内に置いている雑誌の入れ替えをする。喫茶店内には草地さんしかおらず、いつも来てくれる常連さんたちはまだ来てくれない。山田さん、竹内さん、池田さん、早く来てくれ。

「ただ文香も下手だなぁ。あの子、見た目は何でもできそうな完璧《かんぺき》女子だから余計に」

「確かに四海道先輩は落ち着いているからそう見えますよね」

「そう。だから今晩弄り倒しておく。少年のせいで文香、悶絶しちゃうね♡」

「何故《なぜ》です⁉　絶対にやめてください⁉　俺が先輩に問い詰められるじゃないですか！」

「あはは。冗談冗談。でも少年を弄るのも楽しいなぁ。文香や少年がいるなら私も高校生時代に戻りたいよ」

「俺は草地さんがいたら身が持たなかったです」

頬杖《ほおづえ》をつきながらカラカラ笑う草地さんに俺はぐうの音も出ない。草地さんと知り合い、やりとりする中で気づいたが、この人は陽気なドSだ。基本的に良い人なのだが、ときおり凄《すさ》まじい切れ味のナイフが飛んでくる。

店内に置かれている本棚の整理を行い、カウンターに戻ると草地さんがスケジュールを確認しているのが見えた。四海道先輩と同じナチュラルな化粧だが、大人の色香は半端《はんぱ》ない。

……おかわり入れておこうかな。

眉《まゆ》を寄せている表情を見る限り、仕事関係かもしれない。

草地さんは何も言ってこないが、俺は草地さんに大きな借りがある。俺は追加の珈琲をマグカップに注《そそ》ぎ、ポケットから代金を置く。

ちらりと俺を見た草地さんはマグカップと代金を見て、恥ずかしそうに八重歯を覗《のぞ》かせる。

「お世話になっているお礼です。返金は不要です」

「少年、本当に将来女を騙《だま》す悪い男になるなよ？　じゃあ、ゴチになっちゃうよ？」

そのときだ。カラン、と来店を知らせるベルがなった。

喫茶店の入り口にいたのは大きな熊、じゃなくて逞《たくま》しい筋肉を持つ土井《どい》先生だった。最近、街中でも熊が出始めているのでまさかと思ってしまった。

「お疲れさん。今日も励んでいるな」

「土井先生。本当に常連になってくれたんですね。いつものでいいですか？」

「この雰囲気が好きでな。ああ。それに黒山が淹れるラテアートは通い詰める価値がある」

「ありがとうございます」

淀みない動きで土井先生はカウンターの端っこに座る。結構な頻度で土井先生は喫茶店に来てくれている。あの席はもう喫茶店の常連客の間では『熊さんの指定席』で通り始めている。

土井先生のお気に入りラテアートである、森のクマさんマシマシを作りながら俺は土井先生を見る。文庫本を開くが、なんだかんだ言いつつ心配してくれているのだと俺も気づいているので少し気恥ずかしい。

俺はカウンターで作業していると、静かになっているもう一人の客のことを思い出す。

「……」

草地さんはスケジュールを打ち込みながら、チラチラと土井先生を見ていたのだ。そして、俺のことを手招きする。

「少年少年」

「どうしました？」

「あの人が、オーナーさん？」

「え？」

「いや、だって、すごい強面《こわもて》な男性だなって、黒山君が食べられちゃいそうだって」

「ぶふっ、すみません。いや、あの人は俺が学校でお世話になってる先生ですよ」

「少年、ちゃんと学校で学生らしい生活できていたんだね」

突っ込みそうになって喉《のど》のところまで出てきた言葉を何とか呑み込む。確かにそう思われても仕方ないほどに、俺は自分自身の癖《くせ》が強いことは理解してる。

そんなやりとりをしているとカウンターの奥から嚙み殺すような声《ころ》が聞こえてきた。大きな体を震わせ、笑いを嚙み殺そうとしていたのは土井先生だ。俺と草地さんの視線に気づくと、土井先生は文庫本を閉じ、頭を下げてくる。

「すまん。黒山はやっぱり黒山だなと思って……初めましてですね。私は黒山が活動する委員会の顧問をしている土井と言います」

「そうでしたか。私は少年じゃなくて、黒山君の趣味のお手伝いをしている草地と言います」

「趣味？　ふむ……もしかして四海道とも知り合いですかな」

「あら、文香とも知り合いでしたか」

「ええ。四海道は私が受け持つクラスの生徒でして。となると貴方が四海道の師匠でしたか」

「師匠だなんてそんな」

美女と野獣とはこのことを言うのだろうか。互いに警戒しながらも、徐々に口調が砕けていく様子を見ていると、やはり二人ともコミュ力高ぇと思う。流石は現役《げんえき》営業と高校教師。

俺なら軽く会釈して終わり。いや、会釈もできるだろうか？

「四海道は入学当時から色々話題が尽きなかった生徒で、俺も頭を悩ませました。だが最近は学校でも生き生きしていて、教師として礼を言わなければならないと思っていたんです」

「そんな！　私と文香はただのキャンプ仲間ですよ。まぁ、最近もう一人増えましたけど。料理は美味《おい》しいし、見た目に反して熱血系なんですよね。ね、少年？」

「ほう？　それは興味深い話ですね。しかし学校外でも交流を増やす。いい傾向だな、黒山？」

にやりと俺を見る土井先生と草地さん。あ、俺弄られていると実感してすごく居心地が悪い。

何というのだろうか、二人とも根はいい人だと分かっているからこそ、自分が変わってきた事実に尻《しり》が落ち着かなくなる。

「だがキャンプの時の黒山はそんなに積極的なんですね」

「ええ。小樽キャンプでは酔《よ》い潰《つぶ》れ――げふん。んん！　仕事で抜け出した私の代わりに色々文香の世話もしてくれたみたいで。私が学生だったら惚《ほ》れてましたよ」

「それは木村《きむら》と石川《いしかわ》が聞いたら楽しいことになりそうな話だ」

しかもこういうときに限って他のお客さんは来ない。店裏から微笑ましそうに視線を送ってくる店長も助けてくれないし、土井先生が学校での俺の様子を草地さんに話し、草地さんはキャンプでの俺の様子に花を咲かせ始める。

そんな俺にとっては地獄の時間も終わり、草地さんがカウンターから立ち上がる。背中を伸ばすように上体を逸らして、ショルダーバックを肩にかける。

「んんぅ！　今日は少年のアルバイトしている様子を弄り倒せたし、黒山君の頼りになる先生とも出会えて、いい休日だったわ。そういえば次のキャンプ先は決まったんだっけ？」

「はい。さっき決めて、富良野にしました」

「ほう。富良野か。だとすると少し距離があるんじゃないか？」

「そうだねぇ。高速道路使って二時間？　でも一般道路だと二時間半くらいかかるでしょ？」

土井先生と草地さんの言う通り、富良野は定山渓《じょうざんけい》に比べて少し距離が遠い。札幌からでも距離だけで約百十五キロメートルぐらい。

四海道先輩のバイクに乗せてもらうとはいえ、二人分のギアと長時間の運転をお願いするのは流石に四海道先輩の負担が大きいと考えたのだ。

なのでギア自体をどう運ぶのか、あとは距離的にも一回、旭川で一泊する必要があるだろう。

ラテアートを飲み干した土井先生も顎に手を置き、天井《てんじょう》を見上げる。

「教師としては長時間の運転などで疲れないかが気になるな。四海道が二輪免許を持っているのは知っているが、黒山はまだだろ？」

「そう、なんですが」

「私も土井先生に賛成かな。ギア関係はどうとでもなるけど……文香単独ならまだしも少年を乗せてタンデムは少し心配かな」

「……」

「別の場所、というわけにはいかなそうな顔だな、黒山」

現実的に考えれば二人が正しいのは分かる。無謀かどうかは判断できると分かっている。でも、一緒に四海道先輩と話していく中で、四海道先輩が富良野のキャンプにこだわっていたのを俺は知っているのだ。

思い出すのは小樽キャンプで見た四海道先輩の表情だ。

自由を好む先輩が笑った顔がみたい。俺にとっては、キャンプをする中でそこだけは譲りたくない大事な気持ちなのだ。

キャンプは好きだ。ただそれ以上に、キャンプを楽しむあの人の姿が俺は好きなのだろう。

あの人が喜ぶ姿を見たいのだと嚙みしめる。

ぎゅっと拳《こぶし》を握る。

「俺はまだまだ子供で、世間知らずで、人付き合いも下手です。でも、先輩といると気が楽で、楽しくて。キャンプも悪くない、なって。不純かもしれませんが、俺はあの人が楽しむ顔が見たいん、だと思います」

駄目だ。感情が漏《も》れる。言葉に気持ちが乗っかってしまう。

熱くなる全身を抑えるものは何もなくて、口から感情が言葉として零《こぼ》れていく。

自室で過ごし、好きなことだけをやっていればこんなことにはならなかった。

知らない世界を切り捨て、俺は俺らしく生きていけた。だが、俺は知ってしまった。

そして、こうして支離滅裂なことを言って、将来の俺が見たら「黒歴史、乙！」と言うこと確定な状況を嫌いになれない自分自身に、違和感を抱かなくなってきているのだ。

軽快なジャズの音が聞こえる店内で、他に生まれる音はない。煩《うるさ》いくらいに激しいリズムを刻む俺の心臓ぐらいだろう。

すると頭の上に何かが乗り、わしゃわしゃと髪の毛をかき混ぜられる。俺の髪の毛をかき混ぜている張本人は、瞳《ひとみ》をキラキラさせながら笑みを浮かべていた。

「少年！　君は生まれてくる時代を間違えたんだよ――もうあれだ、タイムスリップしなよ。私の高校生時代に来なよ！　そしたら私はもうメロメロだったよ、マジでっ」

「な、何がどうなって、そういう結論になるんですか⁉」

「土井先生、こういうところなんですよっ。この少年が女を引っかける悪男にならないようにご指導のほどお願いしますね」

「俺もお前のそういうところは見習うべきだな、黒山。教師をしているとこういう場面に出くわすから辞められない。俺の高校時代にお前がいれば楽しかっただろうな」

土井先生も苦笑いをして、助けてはくれない。

いつの間にか来ていた常連のお客さんも孫を見るように温かい目で見てくるし、物陰から一部始終を見ていたらしい店長も頷きが止まらない。

満足したのか草地さんは何度か頷き、土井先生と連絡先を交換する。

「ギアの件は私と土井先生で何とかしましょう。できるだけ手伝うから」

「ああ。俺としても草地さんに賛成だ。教師として学生の青春は全力で後押ししよう」

草地さんは微笑を浮かべて喫茶店を出て行く。その様子を呆然《ぼうぜん》と見ていた俺に土井先生はしたり顔で言う。

「賑やかな人じゃないか。あの様子だと俺と同じく常連客になるな。やるな、黒山」

その言葉に俺は喜んでいいのかどうか本気で分からなかったのは言うまでもない。

◆

キャンプ先が決まった俺たちの次の課題はギアの運搬だったが、草地さんが道内出張で運搬して、帰省する土井先生が札幌に帰るついでに回収してくれることになった。

これで月末のキャンプの憂いはなくなった――――わけではない。

何故なら俺たちは学生であり、学生の本分は学業。つまりその学業をしてきた結果を問う期末試験が残されている。

テスト一週間前から委員会活動を含めた部活動は休止期間に入り、アルバイトも当然自粛を求められるので俺もそれに従うしかない。

俺は放課後、通い慣れた習慣なのか図書室で下校のチャイムが鳴るまで勉強していくことが多かった。家でやればいいのだが、委員会メンバーがほぼ休んで、木村先輩たちも受験を控えている状況だと図書室の運営も滞るので自ら立候補したのだ。

だがそんな俺と同じく立候補していた木村先輩が申し訳なさそうに頭を下げる。

「黒山君、そろそろ閉室にしちゃおうと思うんだけど」

「はい。大丈夫です。じゃあ、後処理はしておくので鍵《かぎ》預かりますよ」

「いつも黒山君に任せきりになってごめんね」

「何言ってるんですか。俺も学校で勉強できる時間もらってるんですから、気にしないで大丈夫ですよ。そもそも先輩たちをいつまでも頼りにしている現状がおかしいんですよ」

「あはは、黒山君は相変わらずばっさりいくね」

「事実ですから」

苦笑いを浮かべる木村先輩には悪いがこれは事実なので仕方ない。

三年の先輩たちが休むのはまだいい。だが俺と同年代の委員会メンバーの休みが多いのは少し問題なのだ。一度、土井先生に相談したほうがいいのかもしれない。

木村先輩から鍵を受け取り、俺はノートを広げる。すると影が差したので顔を上げると至近距離に木村先輩の顔があったのだ。普段眉間に皺なんて寄せない木村先輩は唸《うな》る。

「むむ。これは現国かな？」

「はい。少し苦手で」

「私も苦労したなぁ、現国は。あ！　もし困ったら言ってね？　私にできることは何でもするから、ね？」

「ありがとうございます。大丈夫です、ひとまずは自分でやってみます」

「ん。偉い偉い」

ニコニコ顔の木村先輩は胸を張ってうんうん頷く。本当にこの人は危なっかしい。何でもするとか、女子高校生が軽々しく言ってはいけない言葉Ｎｏ．１じゃないか。

帰り支度をした木村先輩に挨拶して、図書室には俺だけになる。部活動もないせいか、図書室内で聞こえる音はペンを走らせる音だけで、時計の針の音がしっかり聞き取れた。

「ここはＡかな。よし、合ってる」

答え合わせをして手応えを感じながらも俺は授業の内容を復習していく。集中できている。いい感じだ。

勉強自体は好きでも、嫌いでもない。静かでも、煩くても勉強に影響を受けないのが、俺の強みだ。でも気分が乗らないとどうしても集中できないときがあるし、集中できているときは恐ろしく捗《はかど》る。それが自室だと特にだ。

だがこの感覚。静かで、誰《だれ》もいないせいもあるのだろう。まるで自室にいるような空気に今は間違いなく集中できている。

テーブルの上に伸びる陽光が傾きだしたとき、ふとペンが重なる音が聞こえた。

俺の他に図書室には誰もいないはずなのに、と顔を上げる。

「――――」

細くしなやかな指はペンを握り、卓上のノートに淀みない英文を綴らせる。普段のクールな表情も相まってか、参考書の例文を追う視線は少し鋭く、背筋がぞくりとする。行き詰まったのかサイドテールの毛先を指で弄り、すぐに答えを見つけたのか離れてしまう。

見慣れた顔。ただ俺にとっては少し落ち着かない顔。

「ん。邪魔しちゃったかしら？」

四海道先輩は口元に微笑を浮かべて言う。

「いや、邪魔ではないですけど。先輩、何をされているんですか？」

「勉強よ」

「それは見たら分かります。どうしてここで勉強してるんですか？」

俺の真向かいに座っていた先輩は腕を組み、顎に手を添える。四海道先輩は三年。受験を控えているのだから勉強しているのは分かる。でも、どうしてここで、という疑問はある。

するると先輩は何でもないふうに言うのだ。

「木村さんから黒山君が頑張っていると聞いて、応援しにきたんだけど。すっごく真剣な表情だったし、きりのいいところまで私も勉強しようかなって」

「なるほど」

「これ、プレゼント」

手渡されたのはカフェインたっぷりで北海道《ほっかいどう》のソウルドリンクと呼ばれる炭酸飲料、ガラナだ。コーラと似ているが、似て非なる癖になる味付けで、ガラナの実を使った清涼飲料水だ。

北海道に来て初めて飲んだが、美味しいいし、今では俺の大好物の一つだ。

「ありがとうございます」

「どういたしまして。もう少し勉強していくのかしら？」

「そうですね。もう少しできりがいいので、下校時間までは」

「了解。なら私も続きしようかな」

待っててくれるんですか、とは聞かない。そこまで聞くのは野暮《やぼ》というものだし、聞いて返ってくるであろう言葉は俺の処理能力では処理できない可能性がある。

ペットボトルのキャップを開け、ブッシュと炭酸が漏れる音が響く。口に含んで、両目を瞑る。ガツン、と刺激が脳内を駆け巡り、口の中で泡がパチパチと弾《はじ》ける。

顔を上げると四海道先輩も同じような仕草をしていて、視線がかち合うと互いに笑ってしまった。

それからはほぼ無言で互いに勉強した。会話はない。だが苦痛ではない。

図書室に響くのはペンを走らせる音と参考書を捲《めく》る音。

この集中して過ごせる感覚に既視感を抱き、すぐに思い当たる節を見つけて一人で苦笑いをする。

……そうか。たき火している時に似ているんだ。

薪が爆《は》ぜて割れる音。パチパチと揺れ、力強く燃える炎。そういえば小樽キャンプ以降、たき火していないのでやはり少し寂《さび》しく感じるものだ。

互いに顔を上げたのは下校を知らせるチャイムが鳴ったときだった。

「結構集中できましたね。すいません、付き合わせてしまって」

「構わないわよ。私も結構捗ったから。ん！　じゃあ、帰りましょうか」

「はい。閉室の作業していくので先に行っていてください」

俺は四海道先輩に言ってから受付用のＰＣの電源を落とそうとして思い出す。そういえば借りていきたい本があったのだ。

俺は足早に書棚を移動していく。

「現代文学、料理、小説――あった」

俺が立ち止まったのは道内の道路状況を記したマップだ。毎年最新版を更新しているが、本当に借りる人いるのかと思っていると、教師陣が借りに来ていることが意外と多いのだ。

何に使うのか、と図書委員に配属が決まってから初めの頃に土井先生に聞いたことがある。目的地までのルート確認。つまり旅行時に使うことが多く、道が無くなっていたり、急な予定変更にも対応できるように地図として持っていくとのことだった。

そして、今の俺ならばルート選択の重要性は理解しているつもりだ。

「帯広《おびひろ》、小樽、釧路《くしろ》、富良野って、あれ？　富良野と旭川がない」

お目当てのロードマップがなくて、俺は貸出記録を確認すると見知った名前がでてきた。

『貸出者：四海道文香』

その貸出者の名前を見て、俺は声もなく拳を握る。四海道先輩も楽しみにしてくれているんだと実感してしまう。

だからこそ余計に今年の夏の目標が明確になっていく。

「俺も運転できるように頑張らなくちゃな」

そうすればもっと行動は広げられる。四海道先輩の負担を減らすことはできるはずだ。運転とかまるで自信はないが、家庭用レーシングゲームでは中々に上手《うま》くいっているし、大丈夫だろう。

受付用のＰＣの電源を落として、俺は図書室を出ようとして、振り返る。

寂しそうな教室には誰もいない。

心に感じる微《かす》かな痛みは、きっと初めてじゃない。最近だと図書委員のバーベキューでも感じたはずだ。

玄関に向かうと、スマホを操作していた四海道先輩が俺に気づき、小さく手を上げる。

夕暮れに染まる彼女を見て、俺はこの風景をあと何度見られるのだろうかと考えてしまったのだった。

# 〈 草地さん　幕間 7月22日(金)

この文学ボーイめっ!

どうしたんですか?　酔っ払っているんですか?
まだ十八時ですよ?

今日は休日なのです。
なのでキャンプしながら晩酌中なのです
なので少年に絡んでも問題ナッシング

あ、キャンプ中だったんですか。
何処に行っているんですか?

支笏《しこつ》湖!　って、今はその話はどうでもよくて
土井先生に聞いたよ?
少年、何気に勉強得意なんだってね?　何気にっ?
全教科九十点以上とか、天才か!　この野郎

なんか含みがある言い方ですね。
既読スルーしていいですか?

辛辣っ!?　あれか?　文香も、少年もドSか?
現役高校生は怖いなっ　私を弄んで楽しいのか!
結婚してくれるのか!

あ、本当に既読スルーしてる。
な、泣いてやるからな?　泣くぞ!　私、泣くぞ!

泣かないでください。キャンプ場で
お酒飲んで、一人で号泣したら目立ちます
もしかして四海道先輩にも絡んできたんですか?

モチのロン。うぇんうぇん……チラ。
大吟醸飲みながらチラチラ

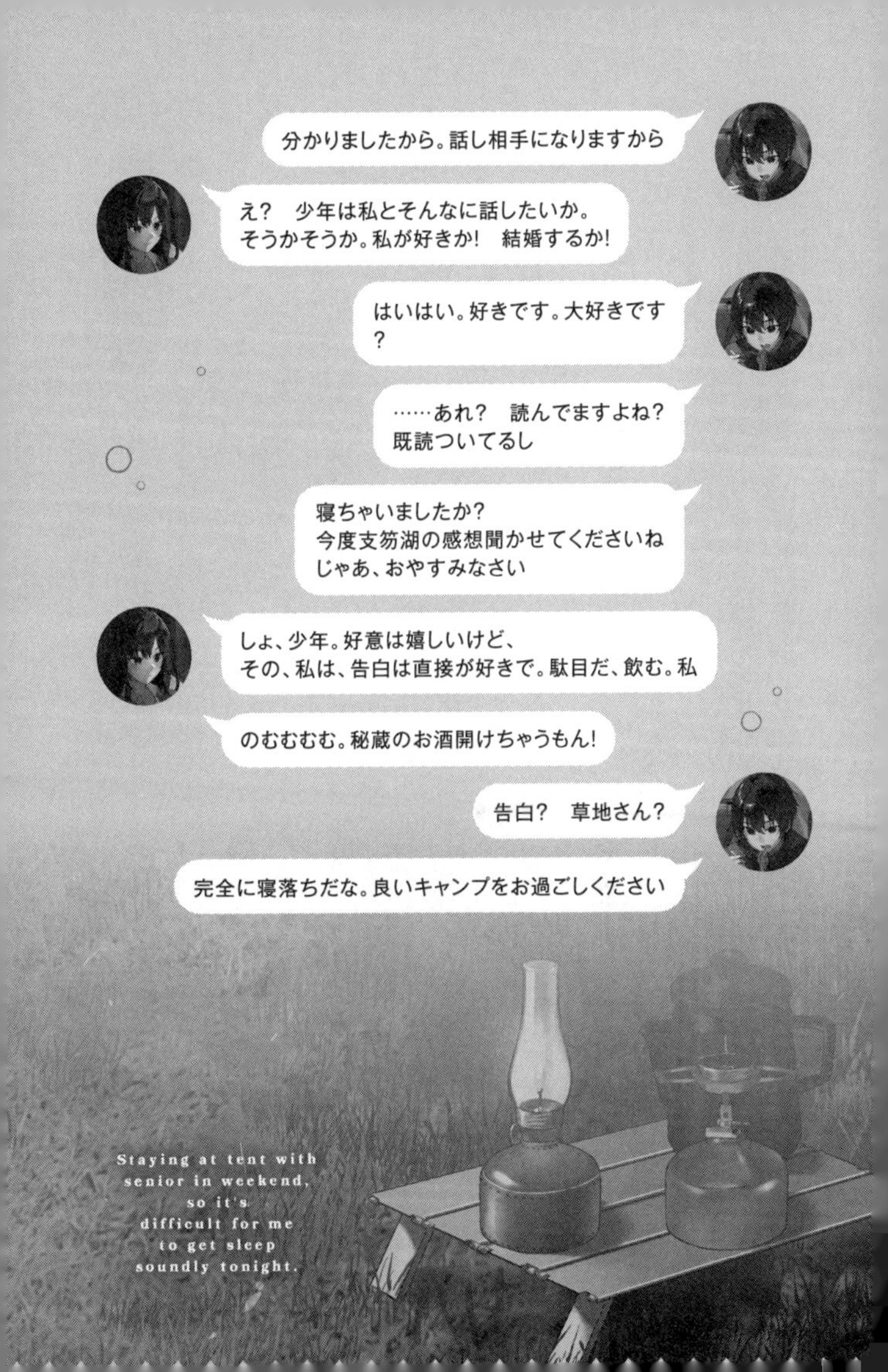
分かりましたから。話し相手になりますから
え?　少年は私とそんなに話したいか。
そうかそうか。私が好きか!　結婚するか!
はいはい。好きです。大好きです
?
……あれ?　読んでますよね?
既読ついてるし
寝ちゃいましたか?
今度支笏湖の感想聞かせてくださいね
じゃあ、おやすみなさい
しょ、少年。好意は嬉しいけど、
その、私は、告白は直接が好きで。駄目だ、飲む。私
のむむむむ。秘蔵のお酒開けちゃうもん!
告白?　草地さん?
完全に寝落ちだな。良いキャンプをお過ごしください
Staying at tent with
senior in weekend,
so it's
difficult for me
to get sleep
soundly tonight.

# 第4話 202号室の先輩と201号室の俺

「お兄ちゃん、準備できたって、いいじゃん、いいじゃん。新しいウェア似合ってるよ！」

「そ、そうかな？　ただやっぱり動きやすいかも」

富良野《ふらの》キャンプ一日目の朝。眠たげな表情だった澪《みお》は瞳《ひとみ》を輝かせ、俺《おれ》はアルバイトで得た資金を元に買った新しいウェアに袖《そで》を通し、体の動きを確認する。

前回は父さんのウェアを使ったが、どこか動きに違和感があったので、買って良かったと思う。他のギアを鞄《かばん》に詰め込み、俺は持ちものの最終確認をする。

「忘れ物は、ないな。テント、調理ギア、ガスランタンにって……どうした？」

「ええ？　いやだってあのお兄ちゃんが遠出とか、私未《いま》だに信じられないよ」

「まぁ、確かに」

「でしょ？　部屋から出たら内弁慶が発動してカタコトになるくせに」

「ならねぇよ」

流石にそこは否定させてもらう。部屋から出たらカタコトになるとか意味が分からない。

まぁ、口数は少なくなるかも知れないが。だって知らない人と話すとか難易度高いし。

澪はにしし、と笑って頷《うなず》く。

「って冗談四割、マジ六割ぐらい？」

「打率高⁉　ほぼ、マジだろ、それ」

俺は突っ込みを入れ、将来は男を転がすようになるなよと心の中で祈る。

澪と雑談をしていると来訪者を告げるインターフォンが鳴る。応じると見慣れた顔が見えて、俺は急いで玄関に向かう。

陽光の下、そこにはダークスーツを着こなす草地《くさじ》さんがいた。キャンプ時のウェアとか、喫茶店に訪れてきてくれたときの私服も似合っていると思うが、やはり草地さんはスーツ姿がしっくりくる気がする。

「おはよう、少年。ん？　それが新しいウェア？　似合っているじゃない。どうやら準備は完璧《かんぺき》のようね」

草地さんは顎に手を当て、至近距離で顔を近づけてくる。

全身を眺められて少し恥ずかしい気分だが、この人の場合はそんな俺の心の声も聞こえてそうなので平常心を保ちながら答える。

「おはようございます。草地――――」

「あ！　飛鳥《あすか》さん、おはようございます！」

ずいっと出てきた澪の様子に草地さんは朗らかに答える。

「澪ちゃんもおはよ。今日は少年のお見送り？」

「そうです。お兄ちゃんが遠出とか心配で心配で。飛鳥さんは出張なんですよね」

「ええ。今回は帯広《おびひろ》の方にね。お得意様に卸した商品の定期メンテナンスと新商品の営業かな。冬の査定に関《かか》わるからガンガン行くつもりよぉ。だって今度のキャンプではビールサーバー持っていくんだし。私、頑張る！」

力こぶを見せつけるように腕を曲げる草地さんの笑顔は清々《すがすが》しい。そういえば最初に会った時も同じようなことを言っていたのを思い出す。

すると静かになっていた澪が頬《ほお》を膨らませて腕を組んでいるのだ。

「いいなぁ。お兄ちゃんも飛鳥さんも、四海道《しかいどう》先輩も」

「え？」

「だって遠出のキャンプとか憧《あこが》れだよ、やっぱり」

「ははは。大丈夫よ、澪ちゃんも来年キャンプすればいいだけだし。今年十四だから来年中学卒業だっけ。よし！　じゃあ、卒業記念にキャンプ行こっか？」

「いいんですかっ!?　ううううっ！　やったー」

両拳《こぶし》をぶんぶん振って、その打撃は全部俺にぶつかっているが、妹が喜んでいるのに邪魔をするのは兄失格だ。ただでさえ俺には勿体ない妹だと思うのに。

俺と草地さんは視線をぶつけ、互いに笑う。

「じゃあ、今日はすみません。荷物積んでいってもいいですか？」

「ＯＫＯＫ」

　車のバックドアを開けて運んできたキャンプギアを収納していく。こうしてみるとだいぶん新しいギアが増えたかもしれない。テントとか調理ギアは勿論だが、今回一番に活躍を期待しているギアはこれ。

「カッチャン。期待してるぞ。ふふ」

　メタリックな外見をしているカセットコンロ。普通、カセットコンロは嵩張《かさば》るが、これは折りたためる。大事なことなので二回言うが、折りたためるのだ。食材は現地調達で問題ないし、頭の中にレシピはもう入っている。

「少年もだいぶん文香《ふみか》に影響受けてきたねぇ」

「え？」

「名前。文香もバイクに名前付けているしさ」

「あ――――気のせいです」

　ニマニマ顔の草地さんに指摘されてかあっと顔が熱くなってくる。確かに言われてみればギアを名前呼びしている傾向があるかもしれない。いや、だってキャンプの時の相棒になるわけだし？　愛着はどうしても湧《わ》いてしまうし？

「あはは。別にいいと思うよ？　私はギアに名前は付けないけど、気持ちは分かるしさ」

「そうだよ、昔はお兄ちゃんももっと素直だったんですよ？　小学校時代とか今では想像できないエピソードとか、沢山ありますし」

「へぇ！　それは興味深いわね？　いいお酒のつまみになりそう。例えばどんな話？」

「……」

俺は無言で草地さんにLINEを送る。草地さんはスマホを取り出し、画面を見てその笑顔がピシッと凍り付いたのを俺は見逃さない。

「あ、あはは。み、澪ちゃん。誰《だれ》にでも忘れたい過去があるわけだし、私たちは今を生きているんだからあんまり少年を虐《いじ》めちゃ駄目」

「ええ？　面白《おもしろ》い話沢山あるのにぃ」

「あははは。まぁまぁ」

冷や汗を垂らす草地さんと消化不良気味の澪の姿を見て、俺はほっと胸を撫でおろす。草地さんに送ったのは草地さんが酔っ払っている状態で俺と会話したLINEのスクショ画面だ。

草地さんはお酒好きだが、実はそこまで強くない。しかも翌日に記憶がすっぽんと抜け落ちているタイプらしく、俺と会話をしては翌日にベッドの上で身悶えていることも少なくないという。

俺や四海道先輩はもう手遅れだが、澪には、気さくで格好いいキャリアウーマン像を崩してほしくないらしく、草地さんが暴走しそうになると俺はこの切り札を使わせてもらうことにしている。

「よし。全部の荷物積み終わりました」

トランクには四海道先輩のギアも入っていて、初めて見るギアもあった。

「OK。じゃあ、私はこのまま帯広に行って、二日目にキャンプ場に届けにいくよ」

「はい。本当にすみません。仕事なのに」

「いいっていいって。私と少年の仲じゃん。旭川《あさひかわ》で一泊してから、富良野でしょ？　旭川っていったらラーメン食べていきなよ。マジおすすめだから」

草地さんがスマホで見せてくれたのはネットでも見かけたことがあるラーメン屋さんだった。

トランクを閉め、草地さんは車に乗り込む。

「よし。じゃあ、富良野で会いましょ。文香も駅前で待っていると思うし」

「はい。草地さんも気をつけて」

「少年も、ね？」

笑顔の草地さんと別れを告げた俺の隣にいた澪が溜息《ためいき》を吐く。

「飛鳥さん、やっぱり格好いいなぁ。できるお姉さんみたいな格好いいオーラ出しまくりだし、お兄ちゃん、高校生になってから人生最大級のモテ期到来じゃん。というかお兄ちゃん、ハーレムだよ、これは」

「ハーレムとか言うな」

「ぶっ⁉　酷《ひど》いっ！　愛する妹に暴力振るったぁ」

「澪が変なこと言うからだろ？　たく」

振り下ろした手刀を戻しつつ、俺はハーレムという言葉を思い出す。確かに。高校生になってから女性の知り合いが増えた。木村《きむら》先輩に、草地さん、四海道先輩。俺に好意を持ってくれているかは別だが、基本的には俺には勿体ないくらいにいい人たちばかりだ。

だからこそ俺は全力で応《こた》えたいのだろうと思う。ハーレムなんて言葉は相応《ふさわ》しくない。むしろ同志、といった方がしっくりくる。だってこんな面倒くさい俺に愛想を尽かさずに接してくれているのだから。

「よし。じゃあ、俺も行ってくるよ」

「うん。気をつけてね？　お財布持った？　タオルとかも持った？」

「……お前、面白がっているだろ？」

俺の指摘に澪はにまぁっと笑みを浮かべ、先に家に戻ろうとしていく。そんな時だ。澪は振り返って、駆け寄ってくる。

トン、と俺の胸に小さな拳をぶつける。

「いってらっしゃい。楽しんできてね」

「ああ、行ってくる」

澪の声に俺も笑い、踏み出す。最初は連れ出されて、今は自らの意思で歩き始める。

今思えば凄い進歩だな、と俺は苦笑した。

◆

四海道先輩との待ち合わせは駅前広場だった。土曜の、夏休みということもあってかそれなりに人出が多い。皆、陽光の下で楽しげ様子だが、俺はこれから四海道先輩とキャンプにいくことを約束していなければ自室に引きこもっていたなと思う。

太陽に曝《さら》されない自室での真夏のひととき。最高だと思いながらも俺は四海道先輩に近づいていく。

「……やっぱり目立つな」

そんな独り言が口から零れるほどに、男女共に視線を集める四海道先輩は、気にする様子もなくスマホを弄っている。

絵になっている。そんな表現が一番いいかもしれない。

艶《つや》やかな黒髪とジーンズに包まれた長い両足。レザージャケットを羽織る肩は華奢《きゃしゃ》で、強く握れば折れてしまうのではないかと思ってしまう。薄く化粧したその横顔は若干の冷たさを感じるほどに落ち着き、面と向かって言えるはずはないが、すごく綺麗《きれい》だった。

本当にキャンプの時と顔つきが違うよな、と思いながら四海道先輩にＬＩＮＥを送ると、すぐに既読がつく。

　すると四海道先輩がスマホをしまい、周囲を見渡し始めて目線があう。俺が頭を下げると四海道先輩が手を振った。そして、俺の全身に嫉妬《しっと》と羨望の視線が突き刺さる。

「おはよう、黒山君《くろやま》。あ、新しいウェアだね」

「おはようございます。よく気づきましたね？」

「それは当たり前でしょ？　君のことはよく見ているからね。さ、行こっか」

　四海道先輩の言動に俺は更に視線が集まるのを感じる。何というか、目立つ行動をしていないのに目立ってしまう。人の目を集めてしまう。

　二人で駐車場まで歩き、四海道先輩はベルちゃんに跨《また》がる。ピタリ、と嵌《は》まる音が聞こえた。

　そう、これだ。これが俺の知っている四海道文香の姿だ。

　ヴオン、と力強いエンジン音に俺は思わず声を漏《も》らしてしまった。四海道先輩はくすっと笑って、ベルちゃんを優しく撫でた。

「メンテナンス後から調子よくてね。今なら北海道《ほっかいどう》一周とかも余裕でいけちゃう。本当に受験生でなければばっ」

「それは盛りすぎですよ、流石に北海道一周はきついのでは？」

「そうかしら？　今の私とベルちゃんならイケちゃう気がしてるんだけどなぁ。宇宙にもいけそうだし」

「あれですか？　ツッコミ欲しいんですか？」

「そこは黙って突っ込まないと。まぁ、君らしいよね」

四海道先輩の言葉に俺は飾らない言葉で返す。

やっぱりこの感じは凄く特殊だな、と思う。感情が言葉として形になる前に、余計に装飾される前に口から出てしまう。こんな気持ちになるのは家族、澪と話す時と似ているかもしれない。

……それだけ気を許しているということなんだよな、俺。

まぁ、好きだと自覚しているから余計にだが。

「ここからだと下道で。途中であそこの道の駅は寄りたいから」

ベルちゃんの状態を確認しながらもスマホで地図アプリを開いて、頷いている四海道先輩。

俺の視線に気づいたのか、ヘルメットを手渡してくれる。

「ごめんなさい。はい、君の」

「……あれ、前と違う」

手渡されたヘルメットは前と少し違っていて、どこか新品っぽい。顔を上げると四海道先輩は驚いた様子だった。

「ああ、うん。よく気づいたね。前のはお父さんのものだったから、黒山君用にって」

「そんなの悪いですよ」

「気にしなくていいわよ。この前のオルゴールのお返しだと思って。ほら乗って乗って」

「……ありがとうございます。嬉《うれ》しいです」

まさか自分用に用意してくれると思っていなくて。俺は言葉を絞り出す。じんわりと感じる温かさを噛《か》みしめ、俺はヘルメットを被る。少し薄暗くなる視界に懐かしさを覚えつつ、俺はベルちゃんに跨がった。

尻《しり》から伝わるエンジンの鼓動が心地よい。またよろしくお願いします、ベルちゃん。

俺は一言謝って、先輩の腰に手を回す。

「ん。よし、準備できたし、行きましょうか」

「はい」

返事をして、ヘルメットを被った四海道先輩の足が地面から離れる。ベルちゃんが唸《うな》り、開幕の合図が鳴る。

二泊三日。富良野キャンプが始まる。

◆

旭川市。札幌からだと約百四十キロメートル。広大な北海道北中部に位置しており、北海道だと札幌市に続く第二位の人口数の街になる。東京《とうきょう》にいたときも父さんから北海道の話はよく聞いており、ラーメンに動物園。それに観光名所とまだ訪れていないというのに観光した気分になったのを思い出す。

ゴウ、と風を切りながら突き進むベルちゃんの動きは軽快そのもので、ちらりと見えた道路標識には旭川までの距離が記されている。

今回のキャンプの目的地は富良野なのだが、札幌から富良野までの距離を考えると少しでも四海道先輩の負担を減らすために旭川で一泊してからの富良野キャンプとした。

照りつける太陽の日差しはじわりと額に汗を滲《にじ》ませるほどだが、バイクで風を切るたびに心地よい風が肌を撫でて、熱を冷ましてくれる。

「っ。快晴だな」

ちらりと視線を上に向ける。天候にも恵まれ、青いキャンパスの上に細々とした雲が浮かぶ空模様に不安要素は感じない。むしろ暑いくらいだ。

……車だと冷房があるけど、バイクだと風が冷房みたいだな。

定山渓《じょうざんけい》や小樽《おたる》の時とはまだ違った印象を受ける感じで、改めてバイクへの興味が湧いてきた。時折、体が揺れるがそこは慣れなのだろう。

札幌を出て、一時間。なだらかな一本道が続く道路は夏休みの影響もあるのかそれなりに交通量は多い。ただこの前の定山渓と違うのは向かう先が旭川という点だ。

旭川までのルートは色々あるが、今回は一般道を選択している。一般道路である国道275

号を使って江別《えべつ》、岩見沢《いわみざわ》を通り、旭川へと向かうルートを今回は選ぶことにした。

理由は二つ。一つはなるべく四海道先輩の負担を減らすため。もう一つは道中に寄ってみたい場所があったからだ。

徐々にベルちゃんの速度が緩み、完全に止まると俺は四海道先輩に話しかける。

「先輩、疲れていませんか?」

「大丈夫よ。ただ、今日は暑いね」

「なら少し休みましょう」

「ええ? ほら元気よ、私?」

俺の提案に四海道先輩は反論するが、俺も譲るつもりはない。

「いえ、駄目です。えっとそろそろ中間地点で寄りたいな、と思っていた道の駅があります。そこで小休憩しましょう」

「頑固ね、大丈夫なのに。道の駅……三笠《みかさ》ね」

ぼそりと呟く四海道先輩は前を向き、俺もスマホをしまう。ただこのままぶっ通しでの運転は本当に控えたい感じだ。信号待ちで止まっている間に感じた熱風は相当に体力を奪っていく。よく父さんも長距離運転後はくたびれた雑巾《ぞうきん》のようになっていたはずだ。

「よし。じゃあ、行きましょうか」

目的地は岩見沢を抜けた先にある道の駅だ。岩見沢に入り、人工的な家屋や商業施設を通り抜け、見えてくるのは大きめな駐車場を有する道の駅という施設だ。

パタパタと観光客を歓迎する旗が揺れ、レストランや野菜、果実の直売もしていることが窺《うかが》える。

元々はドライバーが小休憩できるように作られた施設だが、地域情報の発信やその土地土地で楽しめる物産なども置かれるようになったはずだ。

先輩はベルちゃんを駐車場に停め、ヘルメットを取る。額に浮かぶ汗を見るとやはり無理をさせていた罪悪感が芽生えてしまう。

「飲み物買ってきます。何がいいですか？」

俺は降りると四海道先輩もベルちゃんから降りて、ジャケットを腰に巻いていた。ただ視線は真《ま》っ直《す》ぐ一点に注《そそ》がれている。

先輩の視線の先には濃厚ソフトクリームの看板があった。クールな表情なのに、食欲に忠実な四海道先輩の言動が可愛《かわい》いな、と思ってしまう。

「ソフトにしますか？」

「え？　あ、いや、ご当地のソフトクリームって凄く興味を引かれてしまうじゃない？　だから見ていただけよ、本当に」

「分かります。じゃあ、俺はチョコレートとバニラのマーブルにしますけど、先輩は？」

「……バニラで。それに行くなら私も行くわ」

少し頬を紅潮させた四海道先輩と共に俺はテナントハウスに向かう。こういう道の駅は家族キャンプでもトイレ休憩とかで寄ったことがある。まぁ、いつもはすぐに車に戻ってしまったが。

ご当地で取れた新鮮な野菜や果実。林檎やブドウのジュース、ジャムなどの品ぞろえもあって、正直めちゃくちゃ面白い。俺自身料理することが多いから余計にそう思うのだ。それにあれは化石か？　こんな大きなサイズは初めて見たかもしれない。

「……」

「……」

俺と四海道先輩は賑わうラーメン屋を無言で見て、互いにごくりと喉《のど》を鳴らす。いや、我慢しなきゃだろ。だって旭川でラーメン食べるし。でもいい匂《にお》いだ。あ、旭川でラーメン食べるんだろ、俺！

ラーメン欲を振り払った俺は自らを鼓舞して先輩を見る。四海道先輩も我慢強い人だから、と振り向けば何故《なぜ》か四海道先輩は申し訳なさそうに、自らも困惑を隠せないような表情で俺を見ていた。

先輩の手には二人分の噛み応えがありそうな大きな焼き鳥が。

「黒山君。お肉の魅力に勝てなかったっ」

そうだった。この人、お肉が好きだったんだ！　だとするとここは危険だ。魅力的な食べ物

が多すぎるっ。俺もあの林檎ジュースをキャンプ飯に使ってみたいし。

「だ、大丈夫ですよ。お昼も近かったですし。じゃあ、あっちに座るところがあったので行きましょうか――――先輩？」

俺が促すと先輩は不思議そうな顔をして、なるほどと頷く。

「そうね。じゃあ、黒山君には席の確保をお願いするわ。私はソフトクリーム買ってくる」

マジか、この人。ソフトクリームもいく気か⁉

パタパタと小走りに走って行く先輩から焼き鳥を受け取り、俺は席を確保して待つ。駐車場は常に入れ替わりで利用客が訪れ、これからの旅に想《おも》いを馳せているのか皆表情は柔らかだ。

……家族以外でこんなに遠い所に来るなんてな。

一人で行動してきた範囲を考えると感慨深い。コンビニ、書店、大型ショッピングモール。うん。自宅から十分以内で完結してて素晴らしい。

ただこうして遠出するのもいいかもしれない、と思っていたときだ。

「お待たせ。はい、貴方の」

「ありがとうございます。すごい濃厚そうですね」

「そうね。私もソロキャンの時は道の駅利用させてもらうから、ソフトクリームには少し詳しいよ」

「じゃあ、感想を楽しみにしています」

「任せて」

両手にソフトクリームを持ってきた先輩から片方受け取り、先輩が俺の隣に座る。お礼を言い、料金を渡してからお互いに小さくいただきますと言う。

俺はソフトクリームの先端を口に含む。心地よい冷たさが舌の上で徐々に溶けていく。牛乳の濃厚な甘さを感じるが、くどさはない。むしろ後ろ髪を引かれる甘さで俺はかなり好きな味だ。

日頃、澪がよくアイスクリームを食べているが、ソフトクリームはソフトクリームで旨いなぁと思ってしまう。隣を見ると表情が緩んでいる四海道先輩がいて、感想を言うのを忘れているな、この人。

「こっちの焼き鳥も凄いですね。肉自体も大きいし、タマネギも甘いし」

「ええ、本当に。いいお肉だわ。うん」

あ、先輩の語彙力が低下している。ただ先輩が楽しそうならばそれでいいと感じるあたり俺も大概だ。ただ、少し物足りなさを感じるのはそれが俺の作ったキャンプ飯じゃないからであって――――本当に俺も大概だな、おい。

悶々とする俺の顔を覗《のぞ》き込むように先輩が尋ねてくる。

「そういえば黒山君は今年の夏休みは予定とかあるのかしら？」

「夏休みですか？　えっと、教習所に行こうと思っています」

「教習所……そっか、免許取りに行くって言っていたよね」

「はい。お金は正直な話を言えばアルバイトだけでは工面できなくて、両親に貸してほしいと伝えました。短期集中コースを使えば夏休み中に最短で取れますし」

「そうね。私も短期集中コース使ったわ」

「本当は先輩にいつも乗せてもらっているので俺がタンデム、というのも面白い――――って冗談ですよ、流石に。それができるのは二年後ですし。俺が三年の時ですね」

「二年後」

俺の言葉を反芻した先輩の言うとおり、タンデム運転をするには免許を取得してから二年という決まりがある。それに運転がどれほどの難しさか全く分かっていない俺にとって、まだ誰かの命を預かって運転とかハードルが高い。

もし叶《かな》うなら、四海道先輩が卒業して、まだ都合がよければ一緒にツーリングキャンプに行きたいと思うのだ。言ったら気持ち悪がられて、嫌われたら嫌なので言えないが。

「……そのときには私はいない、か」

「先輩？」

「ん？　いや、何でもないわ。えっとそうね、応援してるわ。私も受験勉強頑張るし。あ、その顔は本当に勉強してるか疑問に思っているわね？　これでもキャンプやバイトの時間以外は全部勉強してるのよ、私」

ドヤ顔な四海道先輩と雑談し、俺たちは後片付けをしてから道の駅を出発する。

風を切り、旭川に向かう道中。俺は先輩の腰に掴《つか》まりながらも微《かす》かな違和感を抱いていた。

……なんか先輩、笑顔が硬い？　変なこと言っただろうか、俺。

不安を抱えつつ、俺は視界に「ようこそ、旭川」という看板を捉《とら》えるのだった。

◆

旭川についた俺と四海道先輩は宿泊先のホテルでチェックインを終えると、自室で準備を済ませて三十分後にロビーで待ち合わせをすることにした。

部屋に入り、俺はベッドに倒れ込む。この閉鎖的な空間が帰ってきたぁ、と感じる。

見知らぬベッドに、初めて見る天井《てんじょう》。顔を埋め、体中に蓄積した疲労がゆっくりと抜けていくのが分かる。俺でこんなに疲れているのだから、先輩は大丈夫だろうかと壁を挟んで隣室にいる先輩を思い浮かべる。

「……なんか気に障ること言っただろうか？　でも、思い浮かばないし」

気のせいじゃない、と思う。先輩とは短い間だが、表情の変化は見てきたつもりだ。楽しげに笑みを浮かべているが、その笑みがぎこちないというか、無理して笑っている気がするのだ。

悶々とする気持ちを解決する先を見つけ出すこともできず、俺はスマホを取り出す。

検索履歴は旭川の観光名所やラーメン、二日目の富良野キャンプでの体験動画のURLなどで埋め尽くされている。

準備は万全だったはずだが、何かが上手《うま》くいっていない気がする。そんな不安感を抱きつつも、俺は立ち上がり準備を進める。

不安がっていてもしょうがない。それに旭川では俺自身体験したいことがあるし、もしかしたら俺の気のせいかもしれないと考える。

部屋を出て、ロビーで旭川の観光パンフレットを眺める。全長一キロメートルにも及ぶ旭川平和通買物公園《へいわどおりかいものこうえん》や、東京に住んでいたときも映像としては見たことがあった日本最北の動物園。動物たちのありのままの生態を見られるという評判は正直気になっている。

そして何より、俺が旭川で体験したいのは本場旭川ラーメンだ。北海道では味噌、塩で有名なお店のラーメンは食べたが、醤油で有名なラーメンはまだ食べたことがなかった。

小樽キャンプでは四海道先輩はパスタを作ったが、ラーメンも理論上は作れるのだろう。実際に出汁《だし》は家で取ればいいし、スープを水筒に、麺はクッカーで茹でればいい。

「問題はあのカップラーメンの感動に勝てるか、どうかだな」

「そうね。私もそこは同意かな」

「え？」

相づちを打つ声に振り返る。そこには真顔で俺を見つめる四海道先輩がいた。艶やかな黒髪をお団子にして、うなじが見えるせいか普段の印象と違って見えて、少しドキッとしてしまう。

サイドテールにお団子、ロング。髪型だけでこんなに印象変わるなんてずるいだろ、本当に。

だが先輩は俺の心情など気にせずにカップラーメンの魅力を考えていたようだった。

「あれは本当に完成された味よね。適度に塩味を感じさせるスープ。主張しすぎない程度に入れられたネギやエビ。フワフワの卵。麺も食べるやめ時を失うほどにのど越しが良くて、なによりあのお肉。謎《なぞ》肉と呼ばれるあれがもう、たき火を見ながら食べると最高」

「色々な味が出てる中で、変わらない美味《おい》しさというか」

「そう！　ソロキャンの時は本当に色々な味を体験してきたわ。カレーとか、神よね」

「神。確かにカレー&ラーメンですからね」

先輩が語るカップラーメン愛に俺も頷く。確かに食べ飽きないというか、いつ食べても同じ美味しさと感動を味わえるとか凄いことだと思う。

両目を瞑り、うんうん頷く先輩も過去のキャンプを思い出しているのか表情は和らいでいる。

確かに相手は強敵だ。だからこそ挑戦しがいがある。

すると視線を感じて受付を見れば俺たちを見つめるホテルの人たちがいて、ここがロビーだと思い出した。

「せ、先輩」

「そ、そうね。行きましょうか」

互いに顔を赤くして足早にホテルを出る。

先ほどまで容赦なく照りつけていた太陽はゆっくり傾きつつあるが、まだそれでも暑い。

「ふふ。やっぱり少し苦手そうな顔ね」

クスクスと微笑む先輩には悪いが、これぱっかりは仕方ない。

「先輩はなんかイキイキしていますね」

「そう?」

気のせいかいつもより二割増しで先輩の瞳が輝いている気がする。

元々、先輩はアウトドア好きなのだろう。スマホで通話している時もランニングしていると
か言っていたし。

「ただそうね……確かに少し気分は高揚してるかも。旭川は初めてだし」

キョロキョロと周囲を見渡す先輩に釣られて俺も駅前広場を見渡す。

今回は駅近くに宿泊したので、ホテルを出てすぐに市街地中心を探索することができる。

近代的な構造で、ガラスを大量に使用して、陽光を反射する旭川駅はかなり広い。北口から
は市街へと繰り出すことができ、大型ショッピングモールにバスターミナルを利用する観光客
の姿が目立つ。

逆に南口にも同じような近代的な風景が広がるのかというとそうでもない。気持ちよさそう
なそよ風に揺れる緑。ベンチに座り、北海道らしい自然を堪能できる北彩都《きたさいと》あさひかわという

公園が広がる。

近代的な建造物と北海道らしい自然が混ざった街。札幌や、小樽とも違う空気感に視界が彩《いろど》られていく。

確かに。ワクワクする、かもしれない――――してしまっている。

「貴方もワクワクしてるわね？」

「……少しは」

嘘《うそ》だ。そして、その嘘は見抜かれている。

「ただ事前に情報としては調べていましたし。先輩ほどじゃないですよ」

「へぇ？　ふ～～～～ん？」

「先輩、少し面倒くさいです。ほら、探索しましょう」

覗き込んでくる先輩を無視して、俺は歩き出す。事前に考えていた計画ではまだ夕食には早い。

観光パンフレットを手に取り、俺は中身を確認していく。周辺施設の説明では冬季にスケート場を開くこともあるらしい。スケート……やったことないな。

するとパタパタと隣に歩いてきた四海道先輩が懐かしそうに口を開く。

「あら？　スケート場ね。私は大抵校庭がスケート場だったから懐かしいかも」

「校庭がスケート場？　え？　学校の校庭ですか？」

「そうよ。道東。帯広とかのほうは校庭一面がスケート場になる学校が多いわね。だから幼少の頃は逆にスキーとかが得意じゃなかったくらい。勿論騙《だま》してはいないわよ？」

過去を思い出すように空を見上げる先輩の様子を盗み見る限り嘘ではないのだろう。ただ、そうか校庭がスケートリンクに……北海道、パねぇ。

観光パンフレットには金塊を巡る漫画でも登場したアイヌ文化に触れられる博物館。東京にいた頃から名前はよく聞いていた動物園の紹介もされていた。

「色々見て回りたい箇所は多いけれど、一日だと時間が足りないわね。特にこのビール館は飛鳥が知ったら絶対に行きたがっていたと思うわ」

先輩が指さすビール館を見て、俺も苦笑してしまう。確かに草地さんが知ったら必ず行きたいと言っていただろう。

「ですね。なので今回は動物園を散策し、それから夕食に旭川ラーメンといきたいと思うのですがどうですか？」

「ええ、そうしましょう。私も賛成よ」

快諾してくれた先輩と俺は旭川駅からバスターミナルへと向かう。旭川駅から動物園までは約三十分程度。バスに乗り込んだ俺と先輩は雑談をしながら最北端の動物園へと向かう。

隣同士に座り、動物園に向かうまでに互いに好きな動物などを語り、移動の疲れもあったのか互いに無言になっていく。

だがその無言は心地よくて、嫌ではなかった。

……まずいな。眠気が。

スマホの時刻は十四時二十分を表示している。外は容赦ない陽光が照りつけ、まさに夏本番という感じだが、バスの中は冷房が効いていて、心地よい。

本当はこういった移動で先輩には体を休めてもらうつもりだったのだが、情けないことに俺のほうが意識を失いそうだ。

心地よい振動が意識を混濁させて、現実との境界線を曖昧にしていく。寝てはいけない。でも眠たい。そんな状態。

ふと意識が戻り、耳元で優しげな声が染みこんでいく。

「……ふふ。寝てる顔は無防備。でもそっか、君はまだ一年だもんね」

「……」

頬をぷにぷにと確かめるように突き刺してくる感触は言うまでもなく、俺は両目を瞑り続ける選択肢をとることにしたが、顔の暑さは増していくばかりだ。

いや、この人は本当に。本当に、もうっ！

動物園にたどり着いた俺たちを待っていたのは、まさに動物園という言葉が相応しい名所の数々だった。

頭上に架けられた橋を渡るレッサーパンダ。穏やかな表情で午睡《ごすい》を行うカバの親子。まさに百獣の王と言わんばかりの迫力を放つライオン。多種多様な動物たちの生態は動画では味わえないリアルさがあって、先輩と一緒に楽しんでしまった自覚があった。

そして、興奮気味の先輩と共に園内を回る中、俺は自らの中にしこりのように残り続けていた違和感が徐々に薄れていくのを感じていたのだ。

楽しんでくれている。いつもの四海道先輩だ。

帰りのバスでも互いに感想を言い合い、話題がつきることはなかった。むしろ時間が足りなかったくらいだろう。

「私、動物園とか本当に幼少の頃しか行ったことなくて、あのペンギンとか可愛くて、もふもふでっ！　いいわよね」

感情を抑えきれずに語る四海道先輩。先輩の片手にはお土産ショップで購入したと思われる小さなペンギンのぬいぐるみがあった。

そういえば定山渓でもぬいぐるみを熱心に見つめていたし、好きなのかな、と思うがそこは突っ込んではいけないと思うので俺も口は出さない。

そのぐらい、弁《わきま》えているが今度草地さんに聞いてみようと思った。

◆

「んん。気持ちいいわね」

「そうですね。このぐらいの気温だと移動が楽でいいですね」

バスから降りて、少し涼しくなった風が火照った体の熱を奪ってくれる。隣に立つ四海道先輩も上体を反らして、気持ちよさそうに両目を瞑っていた。

時刻は十七時三十分。だいぶん日が傾いた旭川の街は、徐々に煌びやかなネオンに包まれつつあった。

駅前広場を出て、旭川の市街を眺める。昼間は家族連れが多い印象を受けたが、夕暮れ近くの今はサラリーマンやご高齢の夫婦など、少し平均年齢が上がった気がする。

駅前近くのラーメン店には行列が出来はじめていて、食欲を誘う匂いが鼻をくすぐった。

「結構並びはじめていますね。行きましょうか」

「そうね。暗くなる前に設営――――じゃなかったわね」

「ええ、本番は明日ですよ。先輩、うずうずしてきていますね？」

「うぅ。それは、否定しないわ。だってこんなに遠くに来て、ホテルで宿泊は私も初めてだし」

「俺だってそうですよ。というか、俺の場合は初めてですね」

思い浮かべると遠方でのキャンプだって初めてなのだから、一人でホテルに宿泊とかあるわけがない。だって行く理由がないし。

だからこそ俺にとって初めてのことだらけで正直、キャパオーバー気味だ。助けてくれ、澪。

お前のコミュ力を分けてくれ。

遠くで部活動に励んでいる澪に念を送っていると、微かに背筋に悪寒が走る。気のせいかヘタレ兄貴という言葉が返ってきた気がするのだが、気のせいだろう。

俺と先輩はバスターミナルを抜け、真っ直ぐ歩いて行く。すると目的のラーメン屋さんが見えてきたのだが、どうにも様子がおかしいのだ。

「あれ？　お客さんが誰もいない――――え？　臨時休業？」

店の前にたどり着いた俺たちを待っていたのは【臨時休業】の貼り紙だった。呆然《ぼうぜん》とする俺の隣で、本当に悲しそうに俯《うつむ》く先輩がいて、俺は慌ててフォローする。

「す、すみません。調査不足でした。ネットだとやっていたんですが」

「ううん。こればかりは仕方ないわよ。それにラーメン店も一軒だけじゃないし」

先輩と俺は地図アプリを開いて、近場にもう一軒行きたかったお店があることに気がついた。

「ここからもう少し歩いた所にありますね。ただ少しホテルに戻るのが遅れそうですが大丈夫ですか？」

本当は長距離運転をしてきた先輩に体を休めて貰《もら》いたい。それが俺の本音なのだが、先輩は気にした様子もなく首を振る。

「全然大丈夫。むしろそこは遠いからって諦《あきら》めていたお店でしょ？　縁があっていいじゃない。行きましょ？」

笑みを浮かべる先輩に根負けして、俺も歩き出す。歩いて五分くらい経《た》っただろうか？　周囲を彩るネオンの光が増した気がする。

「雰囲気が変わってきたね？」

「そうですね。確かもう少し進めばサンロク街と呼ばれるネオン街だったはずです」

煌びやかなネオンの光はどうしても見慣れない。いや、高校生が見慣れてはいけないというか、まだ早いのかもしれない。

お酒で酔ったサラリーマンとか、大学生らしい集団等の姿も増えてきており、夜の本番に向けて皆楽しげな顔をしている。

「……えっと、ここの角を曲がれば着きますねって先輩？」

ナビアプリから顔を上げると隣を歩いていた先輩がいないのだ。

俺は周囲を確認する。すると目の前の交差点の近くで、先輩が困った顔をしながら話しかけられていた。

先輩に話しかけているのは土井《どい》先生並みに身長が高い、スーツを着こなした外国人の男性だった。

まさか、ナンパか？　いや、先輩が美人なのは知っているが、まさか本当に？

先輩は何度も首を振っているがスーツの男性は臆することなく、先輩との距離を笑顔で詰めていく。

「っ！」

ナンパだ。そう思った時、俺の足は自然と歩み出していた。思考はチカチカ、と定まらずに明確な言葉も用意していない。らしくない、本当にらしくないと思う。

だって普通は関わりを持ちたいと思わないはずだ。面倒事は避けたいから。

四海道先輩と目線がぶつかり、俺は男性と四海道先輩との間に割り込み、先輩の手を握る。

「すみません。待たせてしまいました」

「黒山君？」

俺よりもかなり身長が高い男性は驚いたように両目を見開き、俺も見つめ返す。

何だろう？　この男の人、近くで見るとすごい笑顔で俺を見てくるんだけど。

スーツ姿の男性は俺に向き直り両手で何かを表現しつつ、英語で話し始める。流暢な英語は学校での授業とはレベルが違い、俺は思考がフリーズする。辛うじて道を尋ねられている単語だけは聞き取れたのだが、それだとするとこの状況はちょっとまずい。

「……」

俺の隣で、先輩がもう一度スーツの男性に話してもらうように英語で話し、頷く先輩はきょろきょろと周囲を見渡してから英語で道案内し始める。

……マジか。先輩、英語ペラペラじゃん。

笑みを深めるスーツの男性は頭を下げて去って行くのだが、俺の羞恥心は去ってはくれない。

「……はぁ。緊張したわ」

息を吐く先輩の視線はちらりと俺の顔から下。まだ握り合っている手へと向かう。

「っ⁉ す、すみませんっ！」

咄嗟《とっさ》に手を離し、俺は謝った。不思議そうな表情の先輩は首を傾げるので、俺はしどろもどろになりながらも説明する。

先輩がナンパされていると思ったこと。助けようと思ったこと。上手く言葉にできず、自分で何を言っているのか分からなくなりそうだ。

一通り説明し終わると先輩は顎に手を当て、考え込む。

「じゃあ、君は私を助けようとしてくれたんだ」

「えっと……はい。もし喧嘩《けんか》になったら、俺は腕力では敵わないですし。逃げるしかないっていうか。その、すみませんでした。そろそろ、行きましょうか。遅くなってしまいますし」

先輩の視線に耐えきれず、俺は歩き始める。すると少し遅れて先輩が俺の隣に歩いてきた。

「……」

「……」

この沈黙が辛《つら》い。本当にっ。全《すべ》ては俺の勘違いだった。先輩がナンパされていると思って、助けようと思って、自爆した。

ああ、息も止めたかった。布団《ふとん》があれば潜りたい。目的のラーメン屋さんが見え始め、どうにかこの空気をリセットさせる言葉を探すが、何も思いつかない。

「ふむ」

視界に入る見知った顔。大人びていて、クールという言葉が似合うが、笑った表情もしっくりくる女性。先輩は少し腰を折り、俺を斜め下から眺めてくる。

「急に手を握ってきたのは私も驚いたけど、全然気にしてないよ？　だって君は私を助けようとしてくれたんでしょ？」

「え、あ」

「ふふ。ありがと。黒山君の意外な一面が見れて嬉しかったわ。うん」

「っ」

先輩の微笑みに俺は息を詰まらせてしまう。思考がショートして、言葉を失う。

駄目だ。このままだとラーメン店でも俺はいつも通りでいられないし、絶対に楽しめない。

誰か、どうにかしてこの空気を壊してくれ。

「────ね。何回も聞いてんだけど、ここ最後尾なの？」

「え？」

少し舌っ足らずな声が俺たちに届いた。声は俺の真後ろから聞こえた。

振り向くとそこには下から睨《にら》むように俺を見つめる少女がいた。

「え？　じゃないわよ、全く。だから貴方たちも並んでるんでしょ？　違うなら紛らわしいからどっか行きなさい。全く、イチャイチャするならラーメン屋を選ぶんじゃ――――ん？」

「す、すみませ――――え？」

苛立ちを隠そうとしない少女の圧に頭を下げかけた時、俺はこの少女の声に懐かしさを覚えた。

俺は瞬きを繰り返す少女の顔を見つめ、あちらも微かな驚きの表情が浮かぶ。

「ちょっと、まさかこんなところで会うなんてね？」

カツン、とヒールを鳴らして俺と先輩を見比べる小柄な少女。長めのロングスカートにフリルがついた薄手の上着。短めに整えた髪が勝ち気な印象を強めている。

そう、俺はこの少女を知っている。口調ははっきり。意志の強そうな瞳と小柄な体格がアンバランスで、でもしっくりくる。

「まさかこんな所で会うなんて奇遇ね。意外と世間って狭いのね」

俺が先輩や草地さん以外のキャンパーと知り合い、唯一言葉を交わした少女。小樽のキャンプ場で俺に虫除けスプレーをかけてくれたキャンパーだ。

「あのときの。貴方も旭川に来ていたんですね」

「来ていたというか、地元よ、地元。私、生まれも育ちも旭川だし。ほら他のお客さんも来てるから、並ぶの、ここ？」

「あ、並びます。えっと生まれも育ちもって旭川から小樽に来たんですか？　遠くないですか？」

少女の後ろにもこのラーメン店を目指してきたのか、若い男女やサラリーマンなども並び始めている。確かに並ぶならば列を乱すべきじゃない。

「遠いって、あんた。そんなのバイク使えばすぐでしょうにって。そ、れ、に？　あんたも人のこと言えないでしょ？」

腕を組み、溜息を吐く少女は何ともないように言うが、俺にとっては言葉を理解するのに時間を有する。

「バイク……え？　バイク？」

「当たり前でしょ？　遠出キャンプには移動手段は必須！　習ったはずよ？　歴史の授業で」

「出ないよ、そんなの！」

「はは。冗談冗談。あんた、目つきは悪いのにノリはそこそこいいのね？」

「全く嬉しくないんだが」

俺は口調から敬意もなくなってしまい、素《す》で言葉を返してしまう。なんというか、話していて言葉に悪意を感じず、距離感が摑《つか》みづらい。

だって俺が欲しかった免許をこんなに小さな少女がもう持っているのだから。

少女は俺から先輩に目線をずらし、首を傾げた。

「私よりは年上、かしら？　えっと貴方も大変ね。保護者として尊敬するわ」

「え？　あ、私は保護者じゃ……二人は知り合いなのかしら？」

困惑しがちな四海道先輩は俺と少女を見比べる。

今度は俺が少女と顔を見合わせ、互いに首を傾げる。

「知り合い、なのか？」

「そうね。知り合いというの、これ？」

俺は先輩に、少女と出会った経緯というか、小樽キャンプ場での話をする。そして、俺たちが富良野キャンプを行うために旭川に来たことも伝えた。

「へぇ、バイク！　しかも富良野かぁ。確かに札幌から一気に富良野行ってテントの設営とかすると時間もそうだけど、体力もきっついしね。いい選択だと思うわ」

「ええ。どうせなら観光地も巡りたいと思ったの。青い池とか、チーズ工房とかも。それに今回のキャンプ場は星以外にも夕日とかも綺麗で見たいと思って」

「そうね。あのキャンプ場は星がよく見えるって有名だけど、朝日や夕日も絶品。そして、それを見ながらの」

「「キャンプ飯が最高」」

言葉が重なり、先輩と少女は苦笑する。先輩も少女のフランクな雰囲気に表情が和らいで、口数というかテンションのギアが上がっていく。

列が進み、もう間もなくでラーメン店に入れそうだ。店内の明かりで横顔を照らした少女は八重歯を覗かせて先輩に話しかける。やばい。めちゃくちゃキラキラした顔だ。

「ね、ギア見せてよ。同じバイク乗りとしてはやっぱり気になるし」

「えっと、私の通常装備はこんな感じかな？　今回は知り合いに現地に運んできてもらうお願いしてて。貴方はギア、こだわりの相棒とかいるのかしら？」

先輩もスマホを操作していくつか画像を表示する。設営したテントとベルちゃんがいい味をだしている。というか先輩もめちゃくちゃキラキラした顔してる。

「！　ええ、いるわよ、相棒。私のこだわりのギアはこれよ！」

少女は腰のポシェットからスマホを取り出し、ふんすと鼻息荒く写真を見せてくる。そこに映っていたのは十センチくらいの鉈と珈琲ドリップ用の蓋付きポットだ。

「このツードリップポットって、温度計もついているの⁉　しかも狙《ねら》った所に落とせる垂直入れですって⁉　しかも鉈《なた》、薪も現地調達派ね？」

「ふふん。格好いいでしょ？　薪って買うと意外とするし、ケースバイケースだけどどうせお金をかけるなら別の方が良くない？」

「ええ、ええ。確かにその通りね。バイクだと積載量の問題はつきまとうし」

「めちゃ分かる。私も免許取るときは普通二輪一択だったけど、将来的には普通免許も取りたいって悩んだし……そうだ。明日が富良野っていうことは今日旭川なんでしょ？　ん、明日、明日ね」

はっと何かに気づいた少女が俺を見てきた。

少女が俺を手招きして、近づいた俺はぐいっと引き寄せられて、耳打ちされる。

「お、おい。いきなり何を――――」

「ね、あんたたちって何？　彼氏彼女な関係なわけ？」

「なっ⁉」

耳に吐息があたり、羞恥心がぶっ飛んだ。

「いやさ。最初はあんな美人と釣り合いとれないでしょ、と思ったけど。話してみると意外とありなのかって」

「あ、あるわけないだろ？　おおおおお俺が、せ、先輩とっ」

「動揺しすぎでしょ、あんた。でも、私はわりとガチ気味で脈はあると思うんだけどねぇ」

「……な、ない。先輩に失礼だろ」

噛みしめるように言った言葉が深く、深く俺の心を抉《えぐ》りながら突き刺さる。

そう。俺はこの気持ちを言わない。言ってはいけない。

俺にとってこの気持ちを言うことは俺が先輩の自由を奪うことに繋《つな》がるのだ。

「卑屈ぅ。超卑屈ぅ。ま、ただ彼氏彼女じゃないならいいっか。いや、もしまた会ったらさ、流石に私でも気にするし。これなら全然気軽に挨拶《あいさつ》できるしね」

少女の拘束から解放され、俺は先輩に話を聞かれていないか振り返ると、先輩は学校で見せるような表情で俺を見てくる。

「内緒話は終わったのかしら？」

「内緒話だなんて」

「気を使わなくても大丈夫よ」

　ぐさりと突き刺さる言葉に俺が顔を顰めると先輩は口元に手を当てて、小さく微笑む。だがその笑みが少しだけいつもと違って見えた。だって、今の言葉は駄目だろ。その言葉だけは言わせたくなかった。

「大変お待たせしました！　お客様は二名様、ですね。ただいま大変混み合っていまして申し訳ありません。次に並ばれているお客様と相席になってもよろしいでしょうか？」

　申し訳なさそうな店員さんの言葉に俺たちは顔を見合わせる。俺より早く先輩と少女は問題ないと告げて、店内に案内される。

　いらっしゃいませっ！！！　元気なかけ声と共にぶわっと暴力的なまでにいい匂いが鼻を突き抜ける。

「そういえばあなたたち、旭川のラーメンは初めてね？　ふふ、じゃあ私のとっておきのトッピングを紹介してあげる」

「！　自信溢《あふ》れる顔ね？」

　ニヤリと笑う少女は席につく俺たちを見る。

「自信？　自信しかないわ。ふふ、骨抜きにしてあげるわ、貴方たち」

俺と先輩は顔を見合わせ、少女が呪文《じゅもん》のように呟くトッピング類を注文していくのだった。

◆

ガコン。

俺は自販機から缶を取り出す。隣に立つ四海道先輩もラインアップを眺め、その顔が人工的な光に照らされ、瞳が輝いて見える。

「どれにしようかしら……ああ、でも素晴らしかったわね。うん。暫く醤油味に嵌《は》まりそう」

「はは。確かにそうですね。キャンプ飯のヌードルの味に影響でそうです」

札幌の味噌。函館の塩。そして、旭川の醤油。他にも美味しいラーメンは沢山あるが、俺が東京にいた頃から味噌、塩、醤油で有名な北海道のラーメンといえばそうだった。

俺たちが出会った少女。遠藤七美《えんどうななみ》さんと一緒に食べたラーメンはまさに絶品だった。スープは魚介、鶏ガラなどのＷスープ。あっさりとしながらも、濃厚な味わい。更に特徴なのはあの麺だ。細麺の縮れ麺は噛み応えがしっかりして、更にはスープが良く絡《から》む。麺を口に含むとスープも味わえる贅沢仕様だ。

麺を食べているのにスープも同時に飲んでいるような絡み方、あれは旨かった。それにラーメン自体の魅力を失わず、更に倍増させるあのトッピングは反則だ。何でも常連さんにしか提

供されない裏メニュートッピングだったらしいし。

「遠藤さんには感謝ね。あんなに美味しいラーメンのトッピングも教えてもらって……ふふ、ＬＩＮＥでキャンプ場周辺の観光名所も教えてくれてる」

「本当だ。へぇ、こっちのルートだと時間短縮できそうですね」

ネットの地図やアプリでは事前にルートを調べていたが、送られた情報だとショートカットできそうな感じだ。

スマホを操作する先輩が返事を書いている途中、ふと操作する指が止まって、ちらりと俺を見る。

「でも、彼女が十六歳で、黒山君と同学年だなんてね」

「ええ、俺も驚きました」

「私もよ」

そうなのだ。遠藤さんは俺と同じ高校一年だということが判明した。確かに小柄で幼い顔立ちなので同い年ぐらいかと思っていたが、本当にそうだとは思っていなかった。

だって一人でバイクに乗ったり、小樽までキャンプしに来たりと行動力がありすぎるだろ。今だからこそ俺も先輩とキャンプしているが、先輩と出会っていなければ俺の休日は自室で完結していたはずだ。

先輩も自販機から缶ジュースを取り出し、俺たちは宿泊先のビジネスホテルへと歩き出す。

少し生ぬるい夜風を頬に受け、俺と先輩は歩く。

賑やかな喧噪が遠のき、俺たちと同じく宿泊先へと向かう観光客や帰宅するサラリーマンとすれ違う。

ラーメンの満足度からか。それとも旅の疲れか。はたまた先ほどのイベントの数々のせいか。

俺と先輩の間に会話はなかった。

ようやくホテルが見え始めた時。先輩が口を開く。

「私は同年代にキャンプする人いなくて、だから黒山君が羨《うらや》ましいって思うわ」

「羨ましい、ですか？」

「そう。色々情報交換したり、一緒にキャンプしたり。これから色々体験したりしていくんだろうなって。私以上に高校時代をキャンプして楽しむのかなって」

先輩が足下を見下ろし、最後にぼそりと呟かれた言葉が溶け込んでいく。

その言葉に返す言葉はある。喉から言葉が出そうになるが、あと一歩が踏み出せない。

この距離感を俺は壊したくない。そして、壊しては駄目だと自らを縛る枷《かせ》が見え隠れする。

するとクスクスと隣で小さく笑う先輩は腰を曲げ、俺の顔を覗き込んできた。

「少し困らせてしまったわね？」

「先輩が俺を困らせるのは今に始まったことじゃないですよ」

「あら？　貴方だっていつも私を困らせるじゃない？」

視線が交差し、互いの心を読み合う。ただどちらからというわけでもなく、小さく、口元には笑みが浮かんだ。

言葉を呑み込み、代わりに一番この場に合っている言葉を選ぶ。

「明日はおもいっきり楽しみましょう。俺も設営とか、諸々前回より上達してるんで」

「それは楽しみね。ええ、本当に明日が楽しみ」

行き着くところは決まっている。俺と先輩はやっぱり、似ていないようで似ている。つまるところ面倒くさい、という言葉で片付けてしまうわけだけど。

俺は俺らしく。先輩は先輩らしくいてもらえる。この関係が俺はやはり好きなのだと。そして、俺は隣を歩くこの人のことが、心の底から自由に笑う顔が好きなんだと思う。

ビジネスホテルのロビーで預けていたカードキーを受け取り、俺たちはエレベーターに乗る。

俺は二百一号室。

四海道先輩は二百二号室。

互いの部屋の前に立ち、明日の集合時間を伝え合う。

「じゃあ、おやすみ」

「はい。おやすみなさい」

部屋に入り、俺は息を吐く。家族以外でこんなに誰かと時間を過ごしたのは初めてだ。色々なことがあったせいか、一気に体に疲労感が押し寄せる。ベッドに寝転んだらすぐ寝てしまいそうだ。

ポシェットを置き、俺がベッドに腰掛けるとスマホが震える。

「なんだ？　先輩？」

スマホに表示されたＬＩＮＥには『少しだけ部屋から出てこれる？』と表示され、俺は部屋から出る。周囲を見渡すと、俺を見つめる栗色の双眸《そうぼう》を見つける。

すると隣の部屋から上半身だけを出した四海道先輩が俺を見ていたのだ。

「ごめんなさい。言ってなかったから」

「？　何をですか？」

お団子が解かれた艶やかな黒髪が揺れ、薄く化粧した顔にはクールな表情が浮かんでいるものの、その耳は真っ赤《か》になっている。低い声色が少し戸惑いがちに震える。

「今日。私を助けようとしてくれたじゃない？　その、よくよく考えて、本当に私が困っているときには、君はああやって助けてくれるのかなって。ん、うん。嬉しかった」

「あれは俺の勘違いでしたし、本当の喧嘩なら役に立ちませんよ、俺。一緒に逃げるぐらいしかできません。むしろ、勝手に勘違いして暴走していたというか。謝るなら俺の方です」

「そんなことはない。うん。黒山君、格好よかった。男の人なんだなって、それだけ。だからありがとう。おやすみなさい」

駆け足気味に言われた言葉と共に先輩がシュッと部屋に戻ってしまう。あれだ。それはもう

ボールにモンスターを捕獲するゲームに登場する、地面タイプのあいつのような速さだ。

「……」

俺も部屋に戻り、シャワーを浴び、歯を磨く。本当は色々やることはあるが思考がまとまらない。こういうときは早めに寝て、明日の朝にやるのが一番だ。

ベッドに入り、寝ようとした。

でも寝られなかった。目が冴えて寝れない。だって俺の脳内では先ほどの先輩の表情と声が、無限再生されているのだから。

――格好よかった。

「いや、いやいやいやいやいや⁉」

眠気が吹っ飛び、俺はベッドの上で体をくねらせる。あの人はこういうところが良くない。本当に改善してほしい。あんなことを言われて、普通でいられるはずがないのだ。

心臓が煩いし。目を瞑っても先ほどの先輩の顔が、言葉が何度も、何度も再生される。

これは寝不足になるかもしれない。いや、なるだろう。

見慣れない天井を見つめ、俺は固い枕《まくら》に頭を沈ませようとする。

「……色々あったな。というかありすぎだ」

徐々に暗さに目が慣れてきた俺は一人、部屋の中で呟いた。

旭川の夜は更けていく。

# 旭川市街

ASAHIKAWA CITY

## 散策マップ

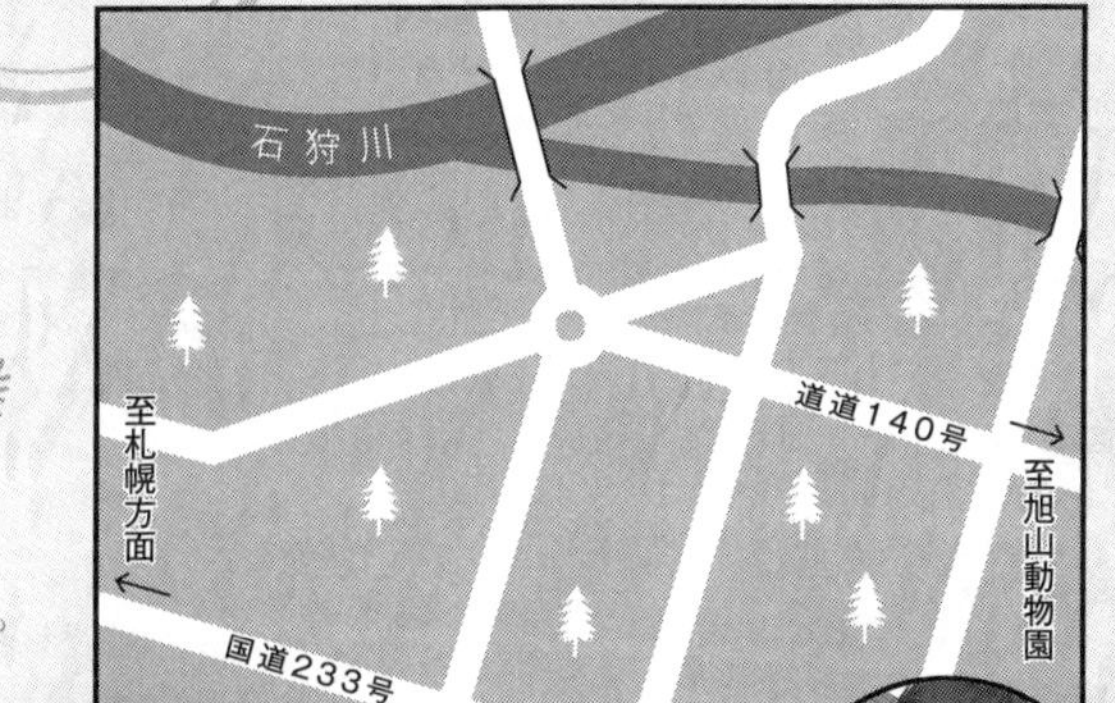


STAY AT TENT

ASAHIKAWA CITY

MAP

Staying at tent with senior in weekend,
so it's difficult for me to get sleep soundly tonight.

# 〈 飛鳥さん　幕間　7月30日(土)

いつも兄がお世話になっています
今、会話しても大丈夫ですか?

澪ちゃん、こんばんは。大丈夫だよ。
まだお仕事モードでお酒控えているからOK
どうしたの?

いえ、その。兄と四海道先輩が
今は旭川にいるんだなって思って
兄が失礼なことしていないかって少し不安で
兄はあんまり人付き合いが得意じゃないので。
変にこだわりが強くて、面倒くさいので

なるほど。流石は少年の妹だね。澪ちゃんは
優しいね。でも私は文香のほうが心配かな

四海道先輩がですか?

そうそう。あの子、澪ちゃんたちの前では
しっかりしているけどね
意外と引きずるタイプだからなぁ。
あと、あれだよ、少年と少し似ている

全然想像できません。
クールで格好いいイメージでした

あはは。騙されていますなぁ、澪殿。
ここ最近はちょっと何か悩んでいる感じだし
私としては純粋に観光とキャンプを
楽しんで来て欲しいなって思うわけですよ

……そうですね。
私も、楽しんで来て欲しいと思っています
ごめんなさい。こんなことを夜遅く聞いてしまって

ちょっとちょっと！　そんなこと気にしちゃ駄目。
むしろ安心したかな
少年が道を踏み外さなかったのは
きっと澪ちゃんがいたから何だなって

私は何もしてません。どちらかというと
兄に助けられてばかりです、私

んん！　少年には勿体ないくらいだなぁ、本当に。
澪ちゃんは本当に少年のことが

好きなんだね

はい。好きです。大好きですよ？
だって、兄は、お兄ちゃんは最高の兄ですから

……すみません。
少し興奮して失礼な文章になっていました

ふふ。こりゃ少年が彼女を連れてきたときは大変だま。明日ギアを渡すときに様子を見てみるよ。

ちゃんと結果も連絡するね

よろしくお願いします

任された！

# 第5話 星空の下。テントの中。心は重なって。

ピピピピ――――ピッ。

スマホのアラームを止め、時刻を確認する。

「午前六時……あまり寝れなかった」

頭を掻《か》き、俺《おれ》はシャワーを浴びに行く。熱い飛沫が体を打ち、徐々に眠気が引いていくのを感じる。眠れなかった原因は枕《まくら》とか、ベッドとかあるかもしれないが真因は別だ。

身支度を整えて、俺は部屋を出るとドアが開ける音が重なった。

部屋から出てきたのは身支度を整えた四海道《しかいどう》先輩だ。

「ふふ、寝不足？　目の下にクマ出来ているよ？」

「……ちょっと色々考え事してしまって。先輩は元気そ――――あれ？」

微笑を浮かべる四海道先輩の服装は完璧《かんぺき》だった。クールな格好よさを演出するレザージャケットに足の長さが際立《きわだ》つジーンズ。メイクも自然な感じで先輩らしいなと思ってしまうのだが、俺は先輩の目の下にも薄くクマができていることに気づく。

俺がそのことを言うと唇を結んだ四海道先輩は手鏡を出して、背中を向ける。小さく何か言っていて、耳を澄ませると悔しさを滲《にじ》ませた声が聞こえてきた。

「あ、本当だ。うう、失敗した。まさかこんな初歩的なミスするなんて」

「先輩？　大丈夫ですか？」

「……昨日は勉強してて。夜更かししちゃって」

「なるほど。なら俺と同じですね」

「同じ？」

「俺も慣れない部屋で全然寝れませんでした。やっぱり自室が一番かもしれません」

色白な頬《ほお》を微《かす》かに赤く染め、目線を彷徨わせる先輩の言葉に俺は苦笑いをして頷《うなず》く。ま、嘘《うそ》は言っていないし。

二人で忘れ物がないか確認して、ロビーでチェックアウトを済ませた俺たちはホテルを出る。まだ気温はそこまでだが、思わず手をかざしてしまうほどに日差しは強い。今日も暑い一日になりそうだ。

二人でベルちゃんを停めている駐車場に向かい、歩いて行く中で俺たちは今日のキャンプ場までの道のりを確認する。

今回富良野《ふらの》に決めた理由の大半はこのキャンプ場にある。今日、明日の降水確率はゼロ％の快晴。となると練ってきた計画は限りなく順調だ。

「チェックインは十三時ですから、今から出て美瑛《びえい》を抜けて白金《しろがね》青い池、キャンプ場というルートですね。夕ご飯の材料は青い池から美瑛に戻ってきたときで問題ないですか？」

「ええ、大丈夫よ。初めて使う道だけどルートは頭の中に入っている。食材はスーパーマーケットで大丈夫だしね。あ。飛鳥《あすか》も十三時頃に来るって連絡来たわ」

「了解です。ちなみに先輩は今回作る料理は決めているんですか？」

俺の問いに先輩は口を開きかけ、閉ざす。片目を閉じて俺の反応を窺《うかが》うように鼻を鳴らす。

「秘密。今回は私の上達した料理スキルを先生に見てもらおうと思っていたからね」

「へぇ？　俺、結構厳しいですよ？」

「望むところよ」

やる気をメラメラと燃やす先輩の料理レパートリーを思い浮かべる。今回は何を作るか聞いたのだが、何故《なぜ》か頑《かたく》なに隠すので気にはなっていた。

食材を見ればある程度分かるかな？　ただここまで隠されるとかなり気になる。

ベルちゃんが見え始め、黒光りするボディーが陽光に煌めいているのが分かる。ああ、格好いいな本当に。この滑らかなのに、どこか無骨さを感じるラインがすごくいい。

ヘルメットを渡され、俺が被《かぶ》ろうとすると先輩がジッとフェイス部分を見つめていた。

「どうしましたか？」

「いいえ。こうしてみるとよく気がついたわね。私、これでも化粧は結構自信あったのだけど」

人差し指でクマをぐにぐにする先輩は微かに頬を膨らませて唸《うな》る。

「ああ。クマのことですか?　はは、そりゃ分かりますよ。俺、先輩の顔はよく見てますから」

「わ、私の顔を?」

自分自身、記憶力は悪くないと思っている。だから些細《ささい》なことや、普段と違うことがあれば違和感を抱くことが多い。

先輩との付き合いは短いとはいえ、顔を合わせて話すことが多い。更に言えばこの人が笑った顔を見るのが俺は大好きだし、気持ち悪いかもしれないが、クマぐらいならば気づく。

澪《みお》の受け売りだが、人の顔を覚えるのに損はない。

だって顔や表情から手に入る情報は莫大で、円滑なコミュニケーションに欠かせないからだ。

俺自身、中学時代に失敗して、学んだのだから間違いないはずだ。

俺はヘルメットを被り、ベルちゃんによろしくと心の中で伝える。尻《しり》に伝わる振動を感じながら四海道先輩がフリーズしたかのように固まっていることに気づいた。

両手でヘルメットを持ち、俺は先輩の名前をもう一度呼ぶと先輩はびくん、と体を強《こわ》ばらせてヘルメットをずぼっと勢いよく被る。

「なんでもないわ。黒山《くろやま》君。こっち見ないで。そう。君はしっかり摑まっていればいいの。うん。よし。じゃあ、出発するわよ!」

「は、はい」

ヴォン。と唸るベルちゃんのエンジン音に負けないくらいに力強い先輩の声に俺は応え、両足が地面から離れる。ウインカーをつけ、旭川《あさひかわ》市内から抜け出していく。

遠ざかる旭川駅をちらりと見て、俺は移りゆく景色へと目線をずらす。

俺と先輩の遠出キャンプ二日目は夏の日差しに照らされながら始まった。

◆

旭川市街を抜け、国道237号を走って行く。まだ早い時間だということもあってか道はかなり空いていて、軽快にベルちゃんは目的地に向かって突き進んでいく。

最初は民家や建造物が景色の六割を占めていたのに、道を進んでいくと一気に視界が開けていく。

なだらかな直線道路がどこまでも続き、くっきりと空と大地を隔てた風景を見ていると北海道《ほっかいどう》の広さがよく分かる。

薄い青で彩《いろど》られた空と広大な土地。大地を彩っているのは牧場や農家の家屋。黄色の畑の上にはコロコロとした麦のロールと呼ばれる牛のベッドが所々にあって、一人でテンションが上がってしまう。

確かあれってラップで巻かれていないのが麦稈《ばっかん》ロールっていう牛のベッドで、ラップに巻かれているのが牧草ロールで牛の餌になるんだっけ？

俺も家族キャンプでは帯広《おびひろ》方面に来たことはないので、こうして北海道の自然をダイレクトに感じるとワクワクしてしまう。

だがこれから向かう先は北海道でも有名な観光名所である青い池なのだ。

徐々に車が増えてくるのは目的地が同じだからだろうか。四海道先輩はウインカーを出し、青い池の駐車場にベルちゃんを停める。

「ふぅ。意外とすんなりこれたけど、観光の人意外と多いね」

「観光バスとかでもツアーの一部になっているみたいですし。早く出てきて正解でしたね。はい、先輩水分補給を」

「ありがと。喉《のど》渇いていたから助かる」

ポシェットから取り出したペットボトルを受け取った先輩が口をつけ、コクンコクン、と喉を動かして飲み干す。何というか俺はその光景にドキリとしてしまい、目を逸らした。

不純かもしれないが、凄く艶《なま》めかしく見えてしまうのは俺が悪い。百%俺が悪い。

時刻は午前八時。青い池の見頃は色々言われているが、池の水面がより一層輝く午前六時とか七時。あとは午後一番と言うが、キャンプのことを考えると午前という決断になった。

「水分補給もさせてもらったし、行きましょうか」

「そうですね。えっとこっちです」

俺は案内板を見て、先輩と一緒に歩いて行く。

緩やかな坂道を上り、今度は階段を降りていく。その際には先輩が俺に「手は握ってくれないのかしら？　黒山お兄ちゃん」とか言ってきて、大変だった。

徐々に目的地に近づくにつれて観光客が多くなっていく中で、立派な白樺の木々の隙間《すきま》から青い煌めきが見え始める。

「うわぁ」

こぼれ落ちる声は隣から。先輩は口をあけて、目の前の光景を見つめていた。

俺は見惚《みほ》れるような横顔から先輩が見つめる先を見て、息を呑む。

すげぇ。青い。本当にここまで青いのか。

木々の合間から見えたのは陽光に煌めく、観光名所の青い池。池の水面は煌めきながらも透き通った青に染まり、まるで快晴の空模様をそのまま映し込んだみたいにも見える。

「近くに行ってみましょうか！」

「はい！」

俺と先輩は段差を降り、池に近づく。落下防止に木の柵があるとはいえ、それなりに池に近づくことができる。

水面から伸びるカラマツの枯れ木は垂直に伸び、周囲の景色を鏡面のように映している。

元々、この青い池は十勝岳《とかちだけ》の防災工事の際、堰堤《えんてい》にたまった水が池となったらしい。青く見えるのは美瑛川の澄んだ水とアルミニウムを含んだ地下水が混ざって青く見えるからとのことだった。

「飛鳥から凄いよと言われていたけど、これは凄い。幻想的」

「そうですね。時間帯によっても見え方は違うらしいですけど、四季によって更に違うみたいですね。秋は周囲の紅葉が水面に映り込んで空の上に紅葉が浮かんでいるように見えるらしいですし、冬は水面が凍って、更にはカラマツの木に雪が積もって――」

俺は視線を感じて口を閉ざす。だって隣の四海道先輩が俺を黙って見ていたからだ。

木の柵に両手を預け、先輩は小首を傾げる。

「調べてきたんだね？」

「……楽しむには事前の下調べが大切ですから。というか先輩も調べていますよね？」

「さぁ？　どうかしら」

「いや、誤魔化《ごまか》してもだめです。楽しむ努力を怠らない先輩なら調べているはずです。さっきからあの青いプリン屋さんをチラチラと見ていましたし」

「っ⁉」

「嘘です。そんなにではなく、ちょっとですけどね」

「っ⁉」

思わぬ反撃に先輩が瞬《まばた》きして、言葉に詰まっている様子を見て、俺は勝ち誇る。

道中にあったプリン屋さんの看板を見てから挙動がどこかおかしかったし、先輩がこういう場所でご当地の食べ物を楽しみたい人なのはなんとなく想像できた。

「そ、そんなに見ていたかしら？」

口元に手を当てる先輩は戸惑っている。いつも俺が困らせられることが多いので、なんか謎《なぞ》の優越感が凄い。それに思うのだが、この細身の外見のどこにあんなに食べ物が入るのだろうか……不思議だ。

「ね、あれって四海道さんだよね？」

「え？　あ、本当だ。やっぱり綺麗《きれい》だよね」

そんな声が聞こえてきたのは青い池の観賞を終え、先輩が興味を持っていたプリンを買いに行こうとしたときだ。

友達同士の旅行だろうか？　露出の多い服装の男女が先輩を見て、呟いている。

「一人？　ん？　あの隣の男子生徒どこかで見たことがあるような？」

やばい。俺は慌てて先輩と距離を取ろうとする。今は夏休みだし、ここは有名な観光名所。友達同士で遊びに来ている可能性があるじゃないか。

俺は別に何を言われてもいいが、先輩が学校で変な噂で気疲れするのは避けたい。

揃《そろ》っていた歩幅がずれ、俺は先行してその場を離れようとする。

ただ離した足音はすぐに追いつき、並ぶ。

「え?」

確認する間もなく、俺は手を摑《つか》まれた。俺たちを見ていた男女も小さなざわめきの声を出すが、追ってくることはない。

感じるのは夏の暑さとしっかりと握られる先輩の冷たい指。

「せ、先輩。先輩、なんで」

「君こそどういうつもり? そういうのは私、好きじゃないわ。私は君と楽しみに来たんだし、誰《だれ》があとで何を言おうが関係ない。黒山君は気にしちゃうタイプなのかしら?」

「……俺は、別に、その」

「その?」

「気にしないです。というか今更何を言われようが、俺の学校生活に影響はないですね」

「ぷっ、あはは。何それ? じゃあ、このまま行きましょうか。私も学校で誰かに聞かれても同志と息抜きに来てたと言うし」

「同志ってキャンプですか?」

「勿論。インドア好きなキャンプ仲間って胸を張って言うから」

「うわぁ。説明面倒くさいですよ、それ」

「君だけには言われたくないわ」

いつの間にか手を繫《つな》いでいることも気にしなくなり、俺たちは雑談を楽しんだ。目的のプリン屋さんが近づき、若干先輩の足が速くなったことに笑いそうになる。

「想像以上に青いですね」

「ええ、青いわ。でも、凄く興味が引かれる。飛鳥の分も買いましょう」

「ええ。ソフトクリームも青いですし、ブルーハワイみたいですね」

三人分のプリンを買い、俺たちは駐車場に戻る。その途中で、四海道先輩は思い出したように呟く。

「あ、ごめんなさい。繋いだままだったわ」

四海道先輩が言うのは未《いま》だに繋いだままの手のことだ。離れていく手の熱は冷めていく。

「俺のほうこそ申し訳なかったです」

心の中でしこりとして残るのはやはり先ほどの出来事だ。さっきは先輩に乗せられた感じだが、やっぱりああいうのは良くないと思う。

でも先輩は「嫌なわけないじゃない」と俺の言葉を切り捨てる。

「私と知り合って、私の性格分かってきているでしょ？　私って、それなりに我が儘よ。その私が好きじゃない人の手を握るわけないじゃない」

「そう、ですか」

「君もそんな感じだと思っていたけど？」

確かに好き好んで手を握るほど俺にはコミュ力はない。それこそ胸を張っていえることだ。

恥ずかしいとかではなく、その後のことを考えてしまうのだ。だから切り捨ててきた。互いに傷つくのが嫌だったから。

黒髪を靡《なび》かせ、段差を降りる姿は一本の芯《しん》が通っているようで、美しいと思った。揺るがない自分を持っていて、悪く言えば我が儘なのかもしれないが、俺からするとむしろ格好いいと思う。

軽く息を吐いて、俺も認める。これが先輩の優しさならば甘んじて受けようと思う。

「俺もそうですね。手を握って相手が困らないんであれば、はい。構いません」

「……君らしい答えね、全く」

呆れるように。噛《か》みしめるように。楽しむように呟かれた言葉。

答えは分からない。だって俺は四海道先輩ではない黒山香月《かづき》だから。きっと俺の本心も先輩には分からないだろう。

むしろこの心の奥底に何重にも鍵《かぎ》を掛けてしまい込んだ気持ちを知られたら困るのだが。

「でもそうね。本当に、もう少しだけ生まれるのが遅ければ良かったと思うわ」

「え？」

一歩先に進み、四海道先輩の背中が視界に入る。手を伸ばせば届く距離。でも、俺と先輩が歩んでいる時間はやっぱり違うのだと実感する。

だからこそ今を楽しみたい。楽しんでもらいたい。

今度は俺が大きく一歩を踏み出して、隣に並ぶ。

少し驚いた顔の先輩に俺は頷く。

「次は美瑛。そして、富良野キャンプですよ？」

「ふふ。そうね。メインイベントね」

そう言いながら次の瞬間には互いに腹の音が鳴ってしまう。

「……黒山君。まずは少し食べない？」

「……賛成です」

朝食を食べていないのだ。腹が減っては楽しめない。互いに苦笑しながら俺たちのキャンプは後半戦のメインイベントに進む。

◆

一度美瑛に戻った俺たちは名物のカレーうどんを堪能《たんのう》した。カレーとうどんの組み合わせを考えた人は神か、と思うほどに旨かった。先輩と流石にこれはキャンプでは再現できないと感想を言い合い、店を出たのが午前十一時。

それから美瑛内のスーパーマーケットでキャンプ飯の材料を買い込んでから、目的のキャンプ場へと向かった。

国道237号から上富良野を通過して、道なりに進んでいく。頭上で輝く太陽が傾き始めるのも間もなくだろう。

「……」

信号のない一本道と建造物や木々がない遠くまで見渡せる景色。耳元で唸る音。体にぶつかる風の壁を感じながら俺は振り落とされないように先輩の腰を掴む両腕に力を入れる。

目的地まで信号が少ないので道中での先輩との会話は少ない。先輩も一時間くらいなら小休憩は挟まないで行こうと言ってきたので、俺もそれに従う形になった。

景色を眺めつつ、俺はあらためてベルちゃんを運転する先輩を見る。ヘルメットで表情を探ることはできないが、今先輩はどんなことを考えているのだろうかと推測してしまう。

ソロキャン女子。

学校の先輩。

料理が苦手。

人に気を使わせるのが苦手。

自由が好き。

クールに見えて可愛《かわい》らしい人。

言動がカッコ可愛くて、時折面倒くささを出す人。

俺が知っている四海道文香《ふみか》はそんな人だ。そして、俺は学校の後輩で、インドアで、キャンプ仲間、か。

出会って数ヶ月。それも出会い方はお世辞にもいいとは言えないし、最悪な分類だったかもしれない。でも、先輩と出会って俺の世界は確実に広がった。

ベルちゃんの速度が落ちていき、俺は顔を上げる。そこには目的のキャンプ場の名前が書かれた看板があった。

「お！　お～～～い。こっちこっち！」

管理棟の近くに車を停め、両手を振るのは草地《くさじ》さんだ。たった一日ぶりだというのに凄く懐かしいと感じてしまう。

草地さんの車の側にベルちゃんを停めた先輩はヘルメットを取り、息を吐く。俺もタンデム部から降りて、草地さんに会釈した。

「おお、二人ともいい顔してる。旭川をエンジョイしてきたみたいね」

「ええ、最高だったわ。動物園やラーメン……うん。色々あって、楽しかったよ」

噛みしめるように語る四海道先輩。確かに一日で色々あった。うん、少しありすぎたな。

「いいなぁ。私も仕事じゃなきゃ旭川観光していきたかったなぁ」

「生レッサーパンダを見たわ」

「え⁉　あれでしょ、キャシャーとかやっていた？　もふもふしていた⁉」

「勿論。やっていたわ。空の綱渡りもしていたし。写真送るわね」

ピロリン、と草地さんのスマホが鳴り、スマホを開いた草地さんが苦しげに胸を押さえた。

「可愛すぎるっ。生レッサーパンダは流石に羨《うらや》ましすぎる」

下唇をとがらせ、恨みがましい視線を向けていた草地さんは俺を見て、手招きする。

近づくと草地さんに肩に手を回されて、四海道先輩から離れていくのだ。なんか最近こうやって絡《から》まれるのが多い気がするのは気のせいだろうか？

密着されると先輩とは違う甘い匂《にお》いとラフな格好をしているせいか、色々当たって困る。距離感、大事。

俺が距離を取ろうとするとぐいっと、草地さんが逃がさないと意思を伝えるように更に肩に回す手に力を込めた。

「草地さん？」

「少年。文香と何かあった？」

予想外の質問に俺は言葉を失う。冗談かと思ったが、草地さんの顔に笑みはない。突き刺すような視線に耐えきれず、俺は目を逸らす。

「その様子だと何かあったんだね？　せっかく遠くまできてキャンプするんだ。抱え込んだままだと息が詰まっちゃうでしょ？　ほら、げろっちゃいなよ」

俺の頬に手を当て、ぐいっと視線が固定される。

何か先輩の様子がおかしいことは気づいていた。気づかないはずがない。だって俺は先輩の楽しそうに過ごす表情が見たいのだから。先輩がキャンプを通じて、自由に過ごしてもらうことが俺の目的の一つだから。

ここで何もないと言うのは簡単だ。先輩が何も話したくないならば聞く必要はない。今までの俺ならばそれで良かった。

自分の世界さえ崩れなければそれでいい、だけだった。

でも今は違う。違うだろ。このままだと俺は楽しめない。俺はぽつりぽつりと口を開く。

「どこか、先輩が、別のことを考えている気がするんです。話すといつもの先輩なんですけど、楽しんではくれているとは思うんですけど……原因が分からなくて」

そう。楽しんではくれている。俺もこの時間を楽しんでいる。

でも、時折感じるのだ。先輩の笑顔が無理して作られているような、気を使われている感じ。

俺の言葉を黙って聞いていた草地さんは悩むように両目を瞑る。

「んん？　この感じなら下手に口を挟まないほうがいいか」

「え？」

「いんや。こっちの話よ。ただそうね。今回は少年の手助けはできないかな。だってあなたたち面倒くさいんだもん」

摑まれていた肩を離され、パンパンと背中を叩《たた》かれる。草地さんはにっこりと笑う。

「よし！　じゃあ、黒山君。ギアを下ろすから手伝って。文香もいい？」

「勿論。何でも言って。手伝うわ」

「ちょ、あ、はい！」

「素直でよろしい。少年のギアはっと」

テント、調理ギア、チェアにシュラフ。あとは今回が初参戦となる秘密兵器のカセットコンロ。四海道先輩がさっそくカセットコンロに興味を持ち出す。

「あ、カセットコンロ――調理ギア、結構新しいのも買ってる感じだね」

「ええ、今回使おうと思って……先輩も見たことないギアありますね」

「秘密。現地でのお楽しみ」

今回の先輩は秘密主義なのか？　小さく微笑み、ギアを詰め込んだ鞄《かばん》を持って離れていく。

その背中を見据え、今のはいつもの先輩だなと再確認する。

俺たちは草地さんの車からギアを下ろし、改めて草地さんにお礼を言った。

「本当にありがとうございます。助かりました」

「いいっていいって。どうせ仕事でこっちに出張中だったたし。明日は午前十時だっけ？　土井《どい》先生にも連絡しなよ？」

「ええ。分かっているわ。でも本当にごめんなさ――どうしてデコピンするの？」

「今のは少年が正解だからだよ？　文香、私は謝られるより感謝される方が好きなの。あんたは深く考えすぎ。黒山君は今の文香と楽しみに来ているんだから。考えすぎだよ？」

「っ⁉　べ、別に」

草地さんの言葉に四海道先輩は動揺しているように見え、俺が先輩を見ると先輩は何でもないわ、と口を濁し。草地さんはニマニマとしているだけだ。

本当に何なんだろうか？

「えっとこれで全部……あ。そうだったそうだった。少年、これ貸してあげる」

「……これは天体望遠鏡とラジオですか？」

三脚付きの望遠レンズと小型な味のあるラジオ。天体望遠鏡とかは勿論初めて見たが、こういうレトロなラジオも初めて見たかもしれない。

「そ。私の相棒かな。二人に習うとテンちゃんとラーくん、かな？　スマホと連携すれば色々星座とかも分かりやすいよ」

「いいの？　これって飛鳥の大事なギアでしょ？」

「そりゃ知らない人なら絶対に貸さないけどね。少年と文香ならいいかなって。それにこういう過ごし方とか楽しみ方もあるって楽しんでもらいたいしさ」

「……ありがとう。大切に使わせてもらうわ」

「ふふ」

草地さんは柔らかく微笑み、先輩も恥ずかしげに微笑を浮かべた。

トランクを閉めて、草地さんは車に乗り込んだ。エンジンが唸り、窓からひょっこりと顔を出す草地さん。

「じゃ、楽しみなよ若人たち！　あ、言い忘れた。ここのキャンプ場は来訪者に優しくだよ？」

……来訪者？

疑問に答えが見つからないまま、草地さんの車は動き出す。手を振り、去っていく草地さんを俺と先輩は見送る。やっぱり賑やかで、でもなんだかんだいい人だ。

俺は先輩に尋ねる。

「受け付けを済ませましょうか」

「そうね。行きましょう」

互いにギアを持って歩き出す。

元々富良野岳の麓を整備し、作られたキャンプ場だとネットの紹介文で確認していた通り、周囲に視界を遮る遮蔽物《さえぎ》はほぼない。

木造建ての管理棟はレストランも兼用しているらしく、キャンパーたちで賑わいを見せている。更に奥に進むとレンタル用品やキャンプに訪れた人たちの写真が貼《は》られていた。

「皆、楽しそうね」

興味深げに写真を眺める先輩の言葉通り、ソロや友達、家族。関係性や、過ごし方が一枚一枚違う写真に映り込む人たちの表情は楽しげだ。

どうして皆笑顔なのだろう、と数ヶ月前の俺なら思ってた。だが今ならば分かる。キャンプを通して、各々が自由に楽しんでいるから。そして、きっと俺たちもそんな顔をしていたはずだ。

受付で注意事項を確認して、俺たちは今日設営するサイトに向かうために管理棟を出た。案内板を確認して先輩が尋ねてくる。

「えっと予約していたのは丘のサイトだったかしら?」

「そうです。そういえば今回は星のサイトとかなり迷いましたね」

「ふふ。そうね。だって満天の星空と夕日だと甲乙つけがたいじゃない」

腕を組んで当たり前でしょ、と真顔で言うから俺は吹き出してしまう。

「確かに。先輩、悩んでいましたよね」

「笑ったわね?　ただ貴方もかなり悩んでいたじゃない。というか貴方が予約する最後の最後でもう一度考えましょうって言い始めたのよ?」

「そうでしたか?　記憶にないですね。あ、先輩!　うさぎや羊がいますよ」

「え?　あ、可愛い――――あ、こら。誤魔化したわね?　先輩を置いていかないの」

まずいな。これ以上反論すれば俺は返り討ちにあう。そんな予感がして、俺は先を急ぐ。小走りで追いついてきた先輩の言葉を受け流し、目的のサイトに向かって歩き出す。

レストランの周辺にはトイレやコイン式シャワーブース。あとはうさぎや羊と触れ合える小屋もあったり、と興味深い。先輩、動物好きだし、あとで行ってみるのもありだな。

頭の中で予定を組み立てながら俺たちは目的のサイトにたどり着いた。

「いい場所ね。開放感がすごいわ」

「ええ。これは想像以上ですね」

適度に苅られた芝の上。空は三百六十度の青で染められ、細かな雲が薄く浮かんでいるだけ。遠くのほうにも山並みがくっきりと見える。心地よい風が吹くたびに体の中から重さが抜けていくような開放感。

サイトでは多くのキャンパーがそれぞれの時間を過ごしているが、テントサイト自体がかなりの広さなので他の人の動きは全然気にならないし、気にしなくてもいい。

うん。うん。やばいな。ワクワクしてきた。

自室で好きなことをして、好きなように過ごす。既視感の正体はきっと、俺が自室で過ごすスタイルと似ているからだ。

ちらっと先輩の様子を窺って、俺は視線を戻す。だって先輩の表情は俺が一番見たいと思っていたものだったから。

……また先輩とキャンプに来られて良かった。

先輩は大きく息を吸い込むと自らの頬を軽く叩く。

「駄目ね。久しぶりのキャンプだったから、キャンプミンの補給に時間がかかってしまったわ」

「キャンプミン？　先輩、何を言っているんですか？」

「何ってキャンプミンよ。キャンプに来たら体に送り込むの。常識でしょ？」

「そ、そんなことはネットには書いてないですよ」

「ふふ。自らの目で、体で経験しないとこればっかりは分からないしね。まだまだね、黒山君」

不思議そうに首を傾げる先輩。いや、そんなビタミンみたいに言われても困るというか。え？　冗談でないのか？　めちゃくちゃ真顔だし。俺がおかしいのか？

試しに同じように息を吸い込み、頬を叩く。

「…………」

分からん。ただ空気は旨いし、体の毒素が薄れた気はする。それとも吸い込みが足りないとか？

すると隣で吹き出す先輩の声を聞き、俺は顔を顰《しか》める。

「ごめんなさい。ただ、そうね。これは私なりの開幕の合図なの。今から始まるぞ、とか。すっごく楽しむぞって」

ウインクする先輩に言葉を詰まらせてしまうが、少し納得した。要は先輩のルーティンということか。最近視聴するキャンプ動画でもお酒を飲んで自らのキャンプが始まる描写があるし。

ならば俺のルーティンは何かと頭に思い浮かべ、パチパチとオレンジ色の光が爆《は》ぜた映像が浮かぶ。そうか、と思う。俺にとってはあれが始まりの合図なのだと納得しながら設営を開始した。

◆

今回のキャンプでは俺と四海道先輩、それぞれがテントを設営することにした。草地さんがいない現状、一つのテントに先輩と寝ることは避けたい。

「黒山君は本当に一人でテントを設営するの？」

「はい。まずは自分一人でやってみようかと思います。大丈夫です、家で練習してきましたし、やり方は忘れていませんよ」

「そう。じゃあ、まずはテントを設営しましょう」

俺は心配する先輩に頷き、テントが収納されているケースを開けた。そこには父から借りたドームテントが入っている。テントはギアの中でも最も高価なものの一つだ。そのため、俺はテントの購入は見送り、他のギアの購入をしていったのだ。

まずはポールを組み立て、インナーテントを広げていく。大丈夫だ。頭というか、体が流れを覚えている。時折、スマホで確認しながらも目の前で思い描く形のテントが出来上がっていく。

「……次は――――そうか。ペグを打って。あ、ハンマー忘れてきた」

ギアの収納鞄を見渡し、まさかの忘れ物に俺は頭が真っ白になりかけるが、定山渓《じょうざんけい》キャンプで先輩が教えてくれたことを思い出す。

そうだ。確か石でも代用できたはず。

俺は腰を上げて、周囲を確認しようとすると肩を叩かれる。振り向けばそこにはもう設営し終えた四海道先輩がいた。早い、ソロ用のテントとはいえ、先輩の設営速度には全然叶《かな》わない。

俺自身の心が表情に出ていたのだろうか。先輩は小さく溜息《ためいき》を吐く。

「別に競争してるわけじゃないのだから、そんな悔しそうな顔しちゃだめよ」

「く、悔しがってなんて」

「いるわ。これでも貴方の考えを読むのは得意なつもりだし、言ったでしょ？　ここには楽しむために来ているんだから、楽できることは楽していきましょう？」

「――――すみません。では手伝って貰《もら》えますか？」

「もちろんよ。じゃあ、黒山君にはこのハンマーを預けましょう。もう一息よ」

「ありがとうございます」

「どういたしまして」

少しは背伸びしたい気持ちはあった。でも、同時にこうして先輩とテントを設営できることを喜んでいる自分がいて複雑な気持ちになってくる。

まだまだ練習しなければ。一人でも迷わずに設営できるようになりたい、と思う。

「よし！　ありがとうございます。今度はもっと練習してきます」

先輩と一緒に設営したテントを見て、俺はお礼を言った。やはり達成感というか、愛着が湧《わ》く。次こそは一人で設営してみせる。

「ここは直火禁止ですが、たき火用の炉があるんですね。じゃあ、薪を――」

「ストップ。まだ設営は終わっていないの」

「え？　でも先輩もテントは立て終わっているし」

次はたき火を用意してと思っていたが先輩は首を振る。

「私がまだなの。だからできれば貴方に手伝ってほしくて」

「？　俺に？」

艶やかな黒髪の毛先を気恥ずかしげに弄り、四海道先輩はケースに収まっていたギアを取り出す。大きな布とテント設営に使用するには少し大きなポール。あれは、まさか⁉

「買ったんですか⁉　ヘキサタープ！」

「ふふ。よく気づいてくれました。買っちゃった」

色白な肌を朱色に染め、先輩は両手にタープを持っている。タープとは、テントとは別に立てて、雨風を凌《しの》げる屋根と考えると連想しやすいかもしれない。テントがあれば雨風は問題ないが、テントの中にいると行動には限界がある。

だからこそのタープなのだ。これがあれば強い日差しや雨にも対応できて、外で調理や飲食もできる。俺も欲しいと思っていたが、今回は天候も晴れの予報だったので控えていた。しかし、これはテンションが上がる。

「私、タープの設営は初めてで。一緒にしてくれるかしら？」

「断る理由なんてないですよ。このタープはテントに連結する感じですか？」

「ううん。少し離して私と黒山君のテントの中央に設置しようかなって。じゃあ、まずはタープを広げて、ポールを立てる位置を決めましょうか」

「はい。次にポールが立つ位置にペグを打つんですよね。そして、四十五度になるようにペグダウンを打つんですよね」

「く、詳しいわね？　まさか貴方もあの動画で予習を？」

「恐らく同じ動画見てますね、これは」

互いに苦笑し、俺たちはタープの設営を進めていく。メインポールを立ち上げ、タープ生地が風に靡いて揺れ出す。俺と先輩は徐々に形になっていくタープに一喜一憂しながら進めていく。勿論、何度か倒れてはわたわたするのも楽しかった。そして、何とかポールが立った。

「この張りを出す作業が難しい、わね」

「そうですね。サブロープの結びは、あれ、何だ？　上手《うま》くいかないっ」

動画で見たロープワークを試すが上手くいかないのだ。すると先輩が近づいてきて俺の指を摑んでくる。

「っ⁉」

「ああ、そこはこう。もやい結びは形を覚えるところから始めたほうがやりやすいよ。うん。上手上手。最後にきゅっと結び目を絞れば完成ね」

「……だ、大丈夫です。あとはやってみるので」

「駄目よ。どうせなら覚えるまで一緒にやりましょ？　ね？」

そんなに近づかないでください。指を絡めないでください。タープを設営するだけだったのに俺は先輩と至近距離でポールにロープを結び、ピシっと張りが生まれていく。

「「できた」」

互いに顔を合わせる。額に汗を微かに滲ませる俺と先輩は喜びを嚙みしめるように、ハイタッチする。

大変だった。知識と経験が足りなかったのは事実だが、実際に組み上げると達成感がぐつぐつと湧いてくるのだ。

照りつける陽光を遮り、心地よい風のみを送り込む避暑地。四海道先輩はチェアを二つ並べ、促してくる。

「ローテーブルを用意して……準備できたわ。さ、黒山君も座りましょ？」

俺は促されるままにチェアに腰を下ろし、息を吐く。

何だこれは。最高か？

大自然の中だというのにこの安心感。さっきまではテントやチェアを設営するだけでじわりと汗をかいていたのに、今はまるで家の中にいるような安心感を俺は抱いている。

「先輩。これは最高の買い物だと思います」

「でしょ？　私も買って良かったと実感してるわ」

上半身を預け、無防備に両目を瞑る先輩の顔は穏やかで、幸せそうだ。

「いい顔ですね」

「え？」

「あっと――――何か飲みますか？　実は用意してきたものがありまして」

誤魔化すように俺は立ち上がる。まずい、本音が出てしまった。

リュックサックの奥。溶けかかった保冷剤で包んでいたタッパーを取り出し、蓋を開ける。タッパーの中には薄切りにしたレモンとはちみつを入れている。

「いい感じで漬かっているな」

夏らしくグラスを取り出し、黄褐色のはちみつとレモンを少量入れて、先ほどスーパーマーケットで買っておいた氷と強炭酸水を優しく注《そそ》いでいく。パチパチと心地よい泡が弾《はじ》ける即席レモンスカッシュの完成だ。

呆気《あっけ》にとられる先輩に手渡し、俺もグラスを掲げる。

「まずは乾杯しませんか？」

「そ、そうね。これ、飛鳥が見たら絶対お酒が合うっていうわね」

ああ、それは想像できる。実際にお酒バージョンも用意できそうだったし、お礼も兼ねて差し入れしてみるとかもありだ。

「じゃあ、乾杯」

カチン。と俺と先輩はグラスをぶつけて互いに口をつける。ゴクリ、と一口分を飲み干して、そのまま吸い込むように飲んでいく。

「っ――――旨いっ」

思わず唸ってしまう。両目をぎゅっと瞑り、体の奥底から力が湧いてくる。

パチパチと口の中で弾ける泡と喉を刺激する炭酸の強さ。甘さと、レモンの酸っぱさを感じられる味が汗ばんだ体に吸い込まれていく。珈琲という選択もあったが、炭酸にして正解だった。

隣を見れば四海道先輩のグラスも半分ぐらいになっていて、悔しそうに頬を膨らませていた。

「負けたわ。まさかこんな手の込んだ物を用意してるなんてっ」

「ふふ。サプライズは驚かせてこそですから」

「女たらしの台詞ね。黒山君のお父様もこうやって女性を誘っているの？」

「ぶっ⁉　せ、先輩？」

黒山家の恥部を指摘されて、俺は震える。父さん、あんたのせいで俺は先輩に虐められています。恨むぞ。

先輩はグラスを飲み干し、「冗談よ。悔しくて意地悪してしまったわ」とウインクして、立ち上がる。

「ご馳走様。じゃあ、たき火の準備をしちゃいましょうか」

「……はい」

「大丈夫？　テンション低くないかしら？」

「予想外の攻撃にメンタルがぼろぼろなだけです。ええ、大丈夫です」

俺も立ち上がり、先ほど買ってきた薪を炉に並べていく。このキャンプ場は地面に作られた炉以外のたき火は禁止されている。

今回は動画で覚えた薪を円錐形に並べて着火する、ティピー型という置き方を試してみる。着火剤に火をつけると着火剤から薪へと火が燃え移り、揺らめく陽炎《かげろう》が生まれていく。

パチ、パキ、と音を立てる薪と炎。茜色の炎を見て、俺の中でカチリと気持ちが切り替わる。

「やっぱりだ」

「どうしたの？」

「あ、えっと。さっき先輩が言っていたじゃないですか。これから楽しむルーティンと言いますか。俺にとってはこれがそうなんだって」

「――――いい顔ね」

「……あんまり見ないでください」

「嫌よ。君の素直な表情なんてあと何回見られるか分からないでしょ？」

「それは褒められてるんですか？　まぁ、レアだとは思います」

「でしょ？」

優しく微笑んだ先輩の言葉に俺は恥ずかしさを覚えながらも否定しない。

だって本当のことだからだ。これが俺にとってはキャンプの開幕の合図だ。

たき火を見ながら先輩を呼ぶ。先輩もどうやら俺の意図に気づいたらしく、ガサガサと何かを取り出す。

俺の手には鉄串、先輩の手の上にマシュマロのパックが。

「では先輩」

「そうね。黒山君」

ビリ。グサ。ジュ。パク。

「「はふ！　あふ！」」

擬音だけで分かる美味《おい》しさ。口の中はアツアツのトロトロで、ゆっくり冷まして食べればいいのにと言われればそれまでだ。

涙目になりながら俺たちはやめられない。止まらない。いいじゃないか、楽しみかたは人それぞれで、自由だ。

「んんん！　美味しいわね」

唸る先輩の表情を見て納得する。

だから楽しいのかもしれない、と俺は思った。

◆

「ありがとうございます」

二人でチェアに座りながら焼きマシュマロを堪能していた俺たちは、草地さんが渡してくれたラジオを試してみることにした。

「それなら私もあるかしら？　珈琲淹れてくるわね」

「マジですか。って、俺もラジオは父の車の中でしか聞いたことがないですね」

「ラジオって私、初めてかもしれないわ」

片手に収まるタイプのレトロ感が溢《あふ》れる携帯ラジオ。自宅ではスマホやＰＣでの動画、音楽鑑賞がメインで、俺自身もこうやってラジオを使うのは初めてだった。

アルミのローテーブルの上に置き、電源を入れる。

音量は周囲との距離が離れているとはいえ、他のキャンパーに迷惑がかからないように調整を忘れずにして、と。

ザザッ、と砂嵐音《すなあらし》が聞こえ、俺はダイヤルを動かして、チューニングしていく。

「少し砂嵐が多いな……ん？　これって」

ラジオと一緒に渡されていたのは電線と鰐口《わにぐち》クリップだ。用途が分からずに俺はスマホを取り出し、検索する。

「ラジオ。キャンプ。受信状況っと……これは、なるほど」

俺がこの鰐口クリップと電線の用途を理解した時に草地さんからメッセージが届いた。内容はラジオの使い方で、受信感度が悪いときの小技が記されていた。

お礼のメッセージを返し、俺は鰐口クリップをラジオに。そしてもう片方をチェアや、テントのポールなどにつける。

ザザ、ザ――――。おお、感度が良好になった。

「AM放送とFM放送があるんだな。最近の邦楽チャートに、野球中継。あとは、懐かしいなこの曲。確か六年前くらいのアニメの主題歌だったやつだ」

スピーカーから聞こえてくる音に懐かしい記憶が蘇《よみがえ》ってくる。

別に動画サイトで主題歌やアニメのタイトルを調べて検索すれば聞けるだろう。

でもそういうことじゃなくて、こう身構えていないときにいきなり好きな曲が飛び込んできた時の高揚感は別格だ。曲が終わり、次はもう少し古めなアニメソングが始まりだしている。

どうやらリスナーが選ぶ懐かしのアニソンメドレーという企画をしているらしい。

「懐かしいな。このアニメって確か三話で一気に話題が広まって、十話でまさかのループしていることが判明したんだっけ……今度見直そうかな」

「ニマニマしているね。イケないことでもしているのかな？」

「に、ニマニマとかしてません」

「ふふ。冗談だよ、はい」

マグカップに注がれたのは漆黒《しっこく》の珈琲だ。受け取り、先輩もチェアに座る。

「現役《げんえき》喫茶店店員さんには負けるけど、私はこの食べ合わせを自信を持っておすすめできるかな」

「食べ方ですか？」

「そ。こうやってマシュマロをたき火で炙《あぶ》るの。熱々のマシュマロができたら口に入れて」

マシュマロを口に入れてハフハフする先輩はマグカップの珈琲を啜《すす》る。皺一つない眉間に微かに谷を作り、すぐに朗らかな表情をする先輩。視線が「次は貴方よ」と訴えてくる。

え？　熱々に熱々じゃん。俺にはマゾな趣味はないが——なるほど。これはっ！

先輩の真似をしてマシュマロを炙り、口に放り込む。そして、珈琲を啜る。

熱々だ。口の中が灼熱だ。日差しもギラギラと照りつけているし、珈琲も熱い。

ただそれでもこれは、面白《おもしろ》いと思った。この珈琲、砂糖もミルクも入っていないのだ。

焼きマシュマロの甘さが珈琲の苦みと酸味ですっと取れて、また数秒前まで感じていたあの香ばしい甘さを欲してくるのだ。

これはマシュマロの無限ループが始まってしまうやつだ。

「先輩。グッドです」

「でしょ？」

親指で応《こた》える俺に先輩もすまし顔だ。すると先輩の視線はラジオに向かう。

「こうやって自然の中でゆったりラジオを聞くのもいいわね。あら？　ノイズが」

「え？」

先ほどまで軽快に聞こえていたラジオにノイズが走り、俺は再度ダイヤルをチューニングする。

「やっぱり電波が安定しない感じなんですかね。あ、ここなら大丈夫そうですね」

ノイズがすっきりして、再びスピーカーから音が聞こえ始める。

『マチ子の今日のお便りのコーナー！　じゃんじゃがじゃんじゃが、ほい！　一通目です。私は都内在住の高校生です。最近、キャンプアニメに嵌《は》まってソロキャンをしたいな、と思うのですが勇気が出ません。私の勇気に着火する一言をお願いします、と』

メインパーソナリティーの女性がふむふむと唸り、俺は先輩をちらりと見るとラジオに聞き入っている様子だった。

『なるほど、ソロキャン。実は私もソロキャンしたことあるんですよ』

『え⁉　マチ子姉さん、マジっすか？』

『本当ですよ。私の場合は友人との談笑中にキャンプの話が出て、興味持った口だったんですけど。私、インドアで、ソロキャンとか敷居高いなぁって。でもキャンプ飯の動画見て』

『食欲旺盛なマチ子姉さんは動いてしまったと』

『はいって言うか、言い方。君、マチ子姉さんは清楚《せいそ》なイケてる女で通しているんですから、もう』

『もうリスナーにはバレてるから大丈夫ですよ。それで、ソロキャンどうでした？　まぁ、マチ子姉さんなら完璧ですよね』

『え？　最初のソロキャンはめちゃめちゃ失敗したよ、私』

『失敗？　え？』

『テントを張ろうとしたらポール折っちゃって。キャンプ飯作ろうとしたらまさかの調味料を忘れたのよね。たき火も格好つけて、フェザースティックで火を付けようとしたら全然つかなくて』

『ああ……それは』

『でも、それ込みで楽しかったなぁ』

　そよ風が吹き、俺と先輩はラジオの言葉に耳を傾ける。俺たちとは違う。草地さんとも違うキャンパーの話が映像として頭の中で形をなしていく。

映像として動き始める一人のキャンパーの姿はバタバタして、それでも笑っている気がした。

そういえば俺も火起こしは理想とは全然違って失敗したっけ。

『全然思い通りにいかなくて。計画とかやりたいこととか、色々準備していたんですよ、私。でも、上手くいかなくて、半べそで最後にカップ麵食べて。ただ、そのカップ麵が死ぬほど旨くて。あ、その顔疑ってるな？　キャンプで食べるカップ麵はやばいんだって、本当に』

『……』

『ああ、次は成功させてやるぅって。そんな私のソロキャンだったけど思い出深くて。家に帰って、片付けしながら次のキャンプ日決めてね――と、思い出話しちゃったよ』

『マチ子姉さん、笑顔が眩しいっす。俺もしてみようかな』

『キャンプ？　いいじゃんいいじゃん。えっと、これが回答になるかだけど。最初のキャンプは思い通りにいかないことが大半。キャンプしている理想の自分って、想像以上に難易度高いです。もし実現できれば超絶幸運というか、そんな感じ』

『……』

『ただひとまずやってみるって想像以上に勇気がいることで。最初はできなかったのに次はできたり、そしたらどんどん新しい楽しさが芋づる式に生まれていくの』

『芋づる式』

『いい例えでしょ？　そしてね、気がついたらキャンプを楽しみたい理想の自分を軽く飛び越えて、楽しんでいる自分がいるんだよね。だからそうだね。勇気の出る一言。ん。失敗するのは失敗じゃない。そして、キャンプ飯、想像以上に旨いぞぉ、かな』

『マチ子姉さん、格好いい』

『ふふ、あんたも真顔で言うのやめて。照れるじゃない』

思わず聞き入ってしまった。どうやら隣にいる先輩もそうらしく、苦々しい思い出を思い出しているのか苦笑している。

「先輩？」

「ふふ。いえ、ごめんなさい。なんか懐かしいなって」

「そうですね。ただ、失敗するのは失敗じゃないって名言かもしれませんね」

思い返すのは定山渓のキャンプ。色々準備していったけど、足りない部分は多くて、だけど嫌な思い出として残っていない。むしろ、楽しかったと思い出せる。

まぁ、失敗は失敗じゃないという言葉は分かる。でも俺はやっぱり最初から成功したいと思ってしまうタイプの人間だなと思ってしまう。

ちらりと先輩を窺《うかが》う。マグカップを両手で持ち、ラジオから聞こえる次の話題を楽しんでいるらしく、少し体が揺れている。

だから興味本位で聞いてみた。

「先輩の初ソロキャン話も聞いてみたいですね、俺」

草地さんからは軽くは聞いているものの、詳しい話は文香の沽券《こけん》に関《かか》わるからと教えてはくれない。それにあれだ。俺は先輩に初めてのキャンプを見られているのに、俺だけ先輩の初ソロキャンを知らないのは不公平かもしれない。

「え？　絶対に嫌。君には話してあげない」

笑顔で拒絶されたのだが。それは見惚れるような笑みで。

「だって恥ずかしいし、君の前では私は格好いいキャンパーでいたいもん」

マグカップを両手に持ち、ぽそりと呟いて口元を隠す先輩の言葉に俺は息を呑み、ラジオに耳を傾ける。

こういうとき場を持たせてくれるラジオって、凄い助かるなって思ったのは言うまでもない。

◆

ラジオとマシュマロを堪能した俺たちは早めにシャワーを使うことにした。時刻は十五時三十分。少し早いが、コイン式シャワーの台数には限りがあるし、俺たちがチェックインしたときよりもキャンパーの数は増えつつある。待ち時間なく入るならばと俺が提案したのだ。

……やっぱり一回汗を流すと気持ちいいな。

頭からシャワーを浴びて、俺は浴室から出る。テントに戻るまでに色々なキャンパーたちのキャンプライフを眺める。

色々調べるようになって分かるようになったが、ギアにこだわりを持っている人は本当に凄い。あの家族連れはドームテントにタープ……あのランタンめちゃくちゃいいな。

あのソロキャンしている男の人はたき火の薪を組んで、嘘だろ。麻紐《ひも》とナイフで火種をつくって着火している。格好いいな、やっぱり。

今回のキャンプでも火の点け方にこだわろうとは思ったが、断念した。もう少し練習すればいけそうだが、まだ本番で失敗する可能性があるならば次の機会にしようと思ったのだ。

だいぶん太陽が傾きだして、俺の目にたき火近くで調理をしている先輩が映る。俺に気づいた先輩は顔を上げてクッカーに蓋をする。

「あ。おかえりなさい」

「ただいまです。ご飯の下準備ですか？」

「うん。私はまだまだ手際が悪いから準備しようと思って。中身は内緒よ」

「気になりますね。じゃあ、俺も先輩が行っている間に作っていますね」

「了解。じゃあ、行ってくるね」

「はい。ゆっくりしてきてください」

着替えとタオルを持って四海道先輩はシャワーに向かう。俺はその背中を見送って、先輩が作っていたクッカーへと視線を下ろす。

「何だろう――いやいや、駄目だ。ここで中身を確認したら先輩を裏切ることになる」

頭を振り、俺は邪念を振り払う。

いや、ここは我慢だ。楽しみが増加するし。

「よし――じゃあ、俺も用意しますか」

俺は調理ギアを鞄から取り出す。今回は下準備をかなり済ませてきたので実際に調理することは少ない。

アルミのローテーブルの上にスキレット、ガスコンロ、ナイフ、ケトルを用意する。クッカーとガスバーナーはお留守番だ。

「スーさん、ガスさん、フーさん。けっちゃん。今日はよろしくお願いします」

手を合わせ、俺はまな板に食材を置いていく。タマネギ、マッシュルーム、バター、ミニトマト。あとは家で仕込んできたこれ。餃子と下味を付けた骨付き肉。

まずは水洗いを済ませたマッシュルームとタマネギを薄切りにする。そして、それらをアルミホイルに乗せ、バターも少し入れる。そして、あとはこの濃いめに味付けした旨辛チキンをタレごと包み込む。たき火に直接放り込み、あと蒸せば完成だ。

餃子自体はタネを作ってあって、あとは焼くだけの状態だ。ただし中身に関しては少しサプライズを用意しているので出来上がりが楽しみだ。

「こっちの包み焼きはたき火のそばで焼けばすぐだ。餃子もガスコンロの火力ならいい感じだし。あとは食後の準備も済ませておくか」

俺はガスコンロにガス管がセットされていることを確認してから火をつける。ボォッ、と元気よく火がつき俺はケトルを乗せて火力調整する。

「……ん。家で調理してるみたいだ」

値段もそれなりにしたが、狙《ねら》った火力を出せるのは調理する側としては嬉《うれ》しい。俺はさきほどの飲み残したはちみつレモンをマグカップに少量入れて、ケトルで湧かしたお湯を注ぎ込《こ》む。スプーンでかき混ぜると、ふんわりと優しい匂いが鼻の中に一気に広まっていく。ほっとする匂いだな。

準備が終わり、俺はチェアに腰掛ける。マグカップを両手で抱え、口をつける。すっと入ってくるレモンの酸味をはちみつが優しく包み込んでくれる。不思議と口元が緩んでしまう、そんな味だ。

ぼうっとキラキラと爆《は》ぜる火花と静かに燃えるたき火を見て思う。

「この時間が一番好きかもしれないな、やっぱり」

これだけは自室では味わえない、俺がキャンプの中で一番安らげる時間だと思う。

学校のことも。自分の将来のことも。一旦《いったん》、頭の片隅に置いておいて、無になれる時間。動画でもたき火を見ることはできる。でも、こればかりは実際に見て、体感しなければ分からなつく。

い感覚だろう。

「先輩に感謝だな、こればかりは」

面と向かって言うには勇気がいる言葉を呟いてしまう。すると足下に影が伸びたことに気がつく。

「早かったですね、先輩――え？」

「やっぱり。キャンプライフ楽しんでるみたいじゃない」

八重歯を覗《のぞ》かせて笑うのは旭川で会った遠藤《えんどう》さんだった。

頭にちょこんと乗せたハンチング帽子にスニーカー。膝丈《ひざたけ》のスカートと夏に適したポロシャツは可愛さを残しつつも、どこかベテランキャンパーの雰囲気を醸し出している。

「どうしてここに？」

「言っていなかったけど、私も今日はここに来る予定だったのよ。勿論、会ったら挨拶《あいさつ》ぐらいはと思っていたけど、遠出キャンプって聞いていたし、貴方たちの邪魔をするのもなぁ、と思って……あれ？　文香さんは？」

「文香さんって、四海道先輩のことだよね？　えっと、先輩は今シャワーに行っています」

「なるほどね。いい選択だと思うわ。私もそろそろ行っておこうかな」

遠藤さんは頭に乗せたハンチング帽のつばを弄って、コインシャワーの方角に視線を送った。

驚く俺に構わず、遠藤さんは背伸びをして俺が用意しているキャンプ飯を眺める。

「……結構、凝っているわね。これ、文香さんが作ったの？」

「えっと、こっちは先輩が。こっちは俺だけど」

「あ、あんたが⁉　ちょっと待って、本当に？」

「あ、ああ」

「……やるわね。少し侮《あなど》っていたわ」

悔しそうな顔で下ごしらえが済んだキャンプ飯を眺める遠藤さん。確かに今回のキャンプ飯は気合いを入れている。だからこそだろう。俺も嬉しくなってくる。

「その顔。生意気」

「ぶっ⁉　いきなり何を……これって、パン？」

ムスッと頬を膨らませた遠藤さんは俺の口に何かを突っ込んできた。いきなりのことに咽《む》せてしまうが、それよりも驚いたのは口の中に広がる旨味と熱だ。

……嘘だろ。パンが熱い。ここには近場にパン屋さんなんてない。つまりこれは出来たて⁉

見れば遠藤さんは片手に紙袋を持っていて、そこからパンを取り出したらしい。

嚙めば嚙むほどもちもちとした食感が広がり、バターの風味と甘みが広がっていく。

「旨い。ちゃんとしたパンだ。それになによりこの温かさが旨いな」

もぐもぐと飲み込むとずいっと遠藤さんが顔を近づけてくる。至近距離で見つめられ、遠藤さんの瞳《ひとみ》が俺を捉《とら》えて放さない。

「な、な。いきなり。何?」

「あんた、捻《ひね》くれてて、関わると大変そうなのに感想をちゃんと言えるのね?」

「関わると大変そうって、どんな評価だよ。ただ、あれだ。旨かった。この熱さだと、作ったんだろ? 流石にパンは家でも作ったことないし、今度俺もやってみようかな」

「……ふーーーん。ま、近場の男たちよりはマシな感想ね」

「近場の男たちって?」

「ああ、言ってなかったわね。私、女子高なのよ。だからこうして同年代の男子と話すの滅多にないし、何というか話が合わないのよね。だからあんたのアンサーは及第点ね」

どこか嬉しそうに遠藤さんは呟き、パンが入った紙袋を手渡してくる。

「ご明察。メスティンと材料があればご飯を炊くぐらいに簡単に作れるわ。作り方はネットとか、動画サイトでも色々載ってるし。まぁ、あんたぐらいだと別に言わなくても分かるでしょうけど」

「ああ、でもこれ貰っていいのか?」

「ええ、問題ないわ。調子に乗って作り過ぎちゃったしね。捨てるぐらいなら丁度いいし」

「……」

「な、何よ」

俺が黙って見つめていると遠藤さんは微かに身構えて、こちらを睨《にら》む。

紙袋越しに感じる熱はまさしく出来たて。つまり、この広いキャンプ場の中、俺と先輩がいないかとわざわざ探してくれたということだ。

言動は結構癖《くせ》があるけど、本質は優しい人だと思う。こうして先輩とキャンプしなければ出会っていなかったはずだ。

「いや。ありがとう、遠藤さん」

するりと出てきた言葉に遠藤さんがきゅっと唇を結び、そっぽを向く。

「感謝される覚えはないし」

「……いや、俺が感謝すべきだな。先輩とか色々な人に」

「私は何に感謝されるのかしら？」

「っ⁉　も、戻ってきていたんですか？」

「驚きすぎよ、もう」

艶やかな黒髪を一つにまとめたいつもより可愛らしさが強いヘアスタイル。そして、無地のTシャツにジーンズ生地のスカートタイプのオーバーオール。黒いストッキングに包まれた両足。先輩は少し朱色に染めた頬で、溜息を吐く。

心臓が爆発《ばくはつ》するかと思った。だって耳元で先輩の声が、吐息がぶつかって、あれだ。破壊力がやばすぎるだろ。

先輩がちらりと遠藤さんと、俺が両手に持った紙袋に視線を移す。

「遠藤さんも来ていたのね。近くのサイトかしら？　教えてくれたらお邪魔したのに」

「別にいいわよ。今日はソロキャンだしね。それに私は星を堪能したいから別区画のサイトなの。どんなキャンプ飯なのかと偵察に来たら返り討ちにされた気分よ」

肩で降参を意思表示する遠藤さんに先輩もクスクスと笑っている。

「さて、じゃあ私も戻ろうかな。コインシャワーも混んじゃうだろうし、私も早く着替えてすっきりしたいわ。じゃあ、お互いによいキャンプライフを祈って」

「ええ。貴方も楽しいキャンプをね」

遠藤さんの姿が見えなくなり、俺は紙袋を先輩に手渡す。

「これ、遠藤さんが作ったパンで味も――」

「美味しかったでしょ？　黒山君の顔見てたら分かるよ」

「え？」

「ん。美味しいね」

紙袋を受け取った先輩もパンに感嘆の声を上げてかぶりつく。あっという間に食べて、ぺろりと舌で唇を舐《な》め取った先輩。

「ご馳走様でした。遠藤さんも、黒山君もこんなにキャンプ楽しんで凄いわね……やっぱりもう少し後で生まれたかったなぁ」

あれ？　俺がパンを食べていた時って先輩いなかったはずだったのに。どこで俺の表情を見ていたのだろうか?

俺は自らの疑問をひとまず置いておいて、先輩を改めて見る。どこかいつもの格好よさよりも、可愛いさが強い服装。クールな表情と可愛い服装……とても似合っていると思う。可愛いし、改めて美人だと自覚する。

「着替えたんですね、服」

「え? ああ、うん。スカートだと寝やすいしね。似合っていないかな?」

「そ、そんなことは! に、似合っています、はい」

「そう? ふふ、ありがと。今度も褒めてくれるんだね?」

「へ? あ、いや!」

思い返すのは先輩が家に来たときのことで、あのときの俺は色々と駄目だった。本当に駄目だった。今はOKかというとそうとも言えないが……うん。

「着替えた服もテントに置いておけばいいし。泥棒が来ても、君が守ってくれるし、ね?」

「俺が喧嘩《けんか》強くないのは知っていますよね? ある程度は自衛してください」

「そうね。でも、頼りにしてるのよ、私」

先輩は着替えた衣服を自分のテントにしまい、俺の隣に来ると俺が作っていたキャンプ飯を見て瞳を輝かせた。

「まさか餃子!? それにたき火で何か作ってるの?」

「はい。今回は火力の強いガスコンロだったので……これ、先輩もどうぞ」

先輩用に用意していたマグカップを俺は手渡す。

「あ、これってさっきのはちみつレモン――すっごく優しい味ね。美味しいわ」

「それなら良かったです」

「じゃあ、エネルギーも補充したし、私も準備しようかな。先輩として遠藤さんと黒山君にも負けられないわ。黒山君は完成までどのくらいかかりそう？」

「俺のほうはそうですね。十分くらいかと」

「じゃあ、私も準備しちゃうね」

先輩はマグカップを置いて、自らのガスバーナーを点火する。ガスバーナーの上に乗せたクッカーの中を少し覗き込み、うんうんと自信を漲《みなぎ》らせて頷く。

……クッカーで焼くだけ？　となると煮込み系かな？　どちらにしてもあとは待つだけみたいだな。

俺も先輩の様子を見て、スキレットに少量の油を入れてアツアツに熱していく。スキレットの表面から湯気が出てくる頃合《ころあ》いで油を軽く拭き取り、餃子を置いていく。餃子のいいところは音でも楽しめるところだろう。パチパチと音が出始めたらスキレットに水を入れる。

ジュアッ！　一気に音が激しくなり、俺はスキレットに蓋をする。

とことこと俺の隣に来た先輩が興味深げにスキレットを見ていた。

「どうしていきなり餃子を置かなかったの？」

「ああ、それはプレヒートって言って焦《こ》がしたくない場合に行う調理方法なんですよ」

「プレヒート……流石ね、黒山先生」

尊敬の眼差《まなざ》しを向けられるとこそばゆい。俺は頰を軽く搔いて、スキレットの蓋を開ける。白煙を上らせる餃子を箸でひっくり返すと、黄金色の焼き目がついていた。

「いい感じだな。あとはこれを焼くだけだ。先輩、皿の準備をお願いしてもいいですか？」

「分かったわ。えっとお皿お皿」

ローテーブルに置かれた皿に俺は焼いた餃子を盛り付けているとスマホのアラームが鳴っていることに気づき、たき火の中に投入していたアルミホイルを回収する。あとは余熱で蒸らせば更に味が染みこむはずだ。

先輩のほうも完成したらしくガスバーナーからクッカーを取り、ローテーブルに置いた。

「私も完成よ――――あ」

「え？　あぁ」

思わず声が漏《も》れてしまう。調理に夢中になっていて気づかなかった。

先輩が見つめる先。俺も釣られてそれを見る。

足下から伸びる影はいつのまにか細く伸びていた。

茜色に輝く夕日がそこにあった。キャンプ場に来たときは青かった空も、今は赤く燃える海のようにどこか寂《さび》しさを滲ませている。

綺麗、という言葉では表現できないほどにその光は俺の心に深く、深く爪痕《つめあと》を残す。

「すごいわね」

「はい」

交わした言葉はそれだけ。でも、それだけで十分だった。多くのキャンパーが沈んでいく夕日を眺めている。遠藤さんもこの夕日を眺めているかもしれない。

俺は両目を瞑り、今の景色を頭の中に刻み込む。

「じゃあ、ご飯にしましょうか」

「そうね。温かいうちに食べないと勿体ないしね」

俺たちは互いにチェアに座り、手を合わせる。

「「いただきます」」

声を重ね、先輩は餃子に箸をつけ、食べる。

ザクッ、と焦げ目《め》のついた餃子の羽根が噛み砕《くだ》かれる音が重なる。

「んんん！　アツアツで、肉汁がっ」

両足をパタパタさせる先輩は眉《まゆ》を八の字にさせて悶えている。それもそのはず、この餃子は普通の餃子じゃない。小籠包《しょうろんぽう》と同じやり方で餃子のタネにジェルを仕込んでいたからだ。

餃子の皮はパリパリ。生地はもちもち。そして、中身にたどり着いたら肉汁の爆弾が弾ける。

家で試作品を作り、澪に振る舞ったら笑顔で背中をバンバンと叩かれたぐらいの自信作だ。

「成功しま、アヅ！」

俺と先輩は二人揃ってレモンスカッシュを飲み干す。

「ううううう！　炭酸と合うわね、本当に。美味しすぎてやばかった。じゃあ、次は私の番」

そう言って先輩はクッカーの蓋を外す。すると優しい醤油風味の匂いが周囲にあふれ出した。ゴクリと喉を鳴らしたのは俺だろうか、先輩だろうか。そんなことはどうでもいいと思えるほどに食欲が理性を超えてしまう。

「定山渓で黒山君がご飯を炊いていたから、私も挑戦したいと思って。鶏飯、作ったの」

ヘラでクッカーのご飯をかき混ぜ、皿に乗せてくれる先輩。俺もそれを受け取り、改めてごくりと喉を鳴らす。

恐らく作り方は俺がメスティンで作ったのと同じ方法だろう。それを醤油ベースで行い、更には鶏肉とネギを入れて炊き込んだご飯。米粒一つ一つがてらてらと輝いて、匂いだけで美味しいのだと分かる。

じっと見つめてくる先輩の視線に応えるように口に含む。

「――――うま」

本音が漏れてしまい、思わず口を隠す。だがもう遅い。俺の言葉を聞いた先輩は本当に嬉しそうに、小さく「成功ね」とガッツポーズしている。

俺は咳払《せきばら》いして、二口目、三口目と食べて実感する。本当に旨い。甘辛い味付けが鶏肉とご飯に絡みつき、ネギの食感がいいアクセントになっている。何というか焼き鳥を食べているような幸福感だ。何より、キャンプ飯が不得意と言っていた先輩がこの料理を作ったことが俺はすごく嬉しかった。

「優しい味付けで、本当に美味しいです」

「ふふ。改めて言われると照れるからやめて」

先輩は目線を逸らし、両手をもじもじさせているが、その仕草はすごく可愛くて、俺は変なことを口走る前に最後の料理を完成させるためアルミホイルを開いた。アルミホイルの中は夕日以上に赤く染まり、食欲を誘う匂いにあふれていた。

「これって、あのバーベキューの時の？」

俺は頷く。これは動画で見つけたアルミホイル焼きを参考にした、スパイシーチキンアルミホイル焼きのたき火バージョンだ。

下味には辛味噌系で鶏肉に味を付け、そのままバターでグツグツになったタマネギ、ミニトマト、マッシュルームを煮込むだけ。だがこの煮込むだけが美味さを爆発させる。

「あのときとは違って蒸してるので食感は違うかもしれませんが、旨いと言わせる自信はあります。先輩、お先にどうぞ」

「え、ええ……私、貴方を確実に照れさせると思うから覚悟してね」

そう言って先輩は鶏肉とタマネギを一緒に食べる。両目を瞑り、体をぷるぷる震わせる仕草は小動物を連想させ、小さな喉を動かして咀嚼《そしゃく》した先輩は無防備な表情で、微笑む。

「私はきっとこのキャンプを忘れないわ。うん、本当に美味しい」

「……ありがとうございます」

ああ、やばい。顔がにやける。恥ずかしさで。

「あ、青い池で買ったプリンも食べましょう！」

「そうね。ふふ」

俺がキャンプで見たかった表情。幸せそうな顔を見ているだけで、俺も幸せになる。

誤魔化すように俺も箸をつけ、口の中で暴《あば》れる旨みと辛みとバターの優しさに身を任せ、先輩とのキャンプを楽しんだ。

◆

「暗くなってきたな」

先輩とのじゃんけんに負け、俺は炊事場で食器を洗って、テントに戻る最中だった。

片手に携帯用のランタンを持ち、俺は周囲を確認する。

夕方ぐらいは賑わっていたサイトが嘘のように静寂に包まれていた。たき火の前で静かに夜を楽しむ人や、一日の思い出をおかずに語らう人。そして、空を見上げて感嘆の声を上げる人。釣られて、俺も空を見上げ――――息を呑んだ。

「こんなに近くに見えるのか」

月の光に照らされる闇夜《やみよ》の海には無数の星屑が浮かんで、煌めいていた。

周囲に光源がないからこそ見える自然が作り出した光景。自分自身、こんなに景色で感動を覚えるとは思っていなかったので驚きを覚えつつも、前に進む足が速くなっていく。

「草地さんに貸してもらった天体望遠鏡ならもっと近くで見えるのかな？」

目視でもこんなに星が見えるのだ。戻ったら先輩とセッティングして、天体観測しようと計画していたが……より近くで見たらと思うとやはりワクワクが止まらなくなってくる。

ランタンに照らされる足下から、俺はチェアに座って空を眺める四海道先輩を見る。

両足を伸ばし、両手でマグカップを持ちながらチェアに体を委《ゆだ》ねている先輩の横顔に笑みはなく、少し悲しげに見えて話しかけようとしていた言葉が口の中で霧散していく。

すると視線に気づいたのか先輩が振り向いた。そこにはもういつものクールな表情の先輩がいる。

「あ。おかえりなさい。黒山君の分も入れておいたよ」

「ありがとうございます」

「いえいえ。洗い物、ごめんなさい。私も手伝うって言ったのに……」

「この一杯で十分おつりがきますよ」

「大袈裟よ、それは。食器は一緒にしまいましょう」

一緒に食器を片付け、俺は先輩の隣に置かれたチェアに腰掛ける。マグカップの中には少しぬるめで調整されたホットレモンを入れている。

口をつけ、息を吐く。この優しめな温度が安らぐ。

「そういえば飛鳥からメッセージ来てたよ？」

「草地さんからですか？」

「ええ。ほら、天体観測用の望遠鏡を借りたでしょ？　その使用方法とおすすめ星座ですって……へぇ、色々な星座があるのね」

スマホを操作しながら四海道先輩が唸る。転送して貰った操作マニュアルを読みつつ、草地さんがまとめた星座マニュアルも確認して、圧倒させられる。

「……やっぱりガチ勢だな。流石です」

草地さんが夜にこだわりを持つキャンパーだということは以前、見させてもらった画像ファイルで明白だった。

俺自身、星は好きだ。ある程度はネットで調べてきたが、この資料は天体観測が大好きな人がただ好きを押しつけるのではなく、天体観測初心者でも楽しめるように詳しく作られている。恐らくだが土井先生がこの資料を見たら唸ってしまうと思うほどのプレゼン資料だ。

俺と先輩は資料を見ながら天体望遠鏡を組み立てていく。三脚を立て、レンズを空に向けて調整する。

ちらりと空を見上げる。

先ほどより更に近く星が見える気がした。本当に腕を伸ばせば、そこに届きそうに感じる。

空気が澄んだ冬の空とは違い、夏の空は力強さを感じる気がする。虫が鳴く音が聞こえ、少し冷たさが混じった夜風が心地よい。

……こんな光景を見たら心は奪われるよな、そりゃ。

自室のＰＣでもこういう光景は動画サイトで見ることができる。勿論、感動だってできる。世界の秘境とか、自分なら絶対に行かない国の風景とか。ただ実際に見ると、知っていたと思える風景の違った一面が見えてくる。

「星が好きだとは思っていましたが、こんなに詳しいとは思いませんでした」

「そうね……私は飛鳥と一緒にキャンプしたことあるから知っていたけど、飛鳥にとってキャンプは星を見るために始めたみたいだから。こだわりは強いわね」

「星を見るために？」

「うん。そこからキャンプ飯だったり、温泉だったり、自分にあったギアを揃えていったと言っていたわ。飛鳥が一緒にいたらプラネタリウムも顔負けよ」

どこか自信ありげに言い、まるで自分のことのように話す先輩。一本に髪を束《たば》ね、いつもより幼さが目立つせいだろうか？　表情が柔らかい感じがするし、本当に草地さんのことが好きなんだろうな、と思う。

「へぇ。プラネタリウム……聞いてみたいですね、俺も」

「恐らく飛鳥も喜ぶと思うわ。彼女の場合は道外にもキャンプをしに行っているから、黒山君なら土地勘あるかもだし」

「道外にも、ですか。ただ、くく。そうですね」

「？」

思わず笑ってしまい、俺は不思議そうに首を傾げる先輩に応える。

「いや草地さんのことを知った今なら納得かもっと思って。草地さん確かに行動力ありますよね、俺自身はそんなに行動力ある方じゃないので、憧《あこが》れます」

「行動力がないって……黒山君、本気で言っているのかしら？」

望遠鏡とスマホを連動させるためのアプリをダウンロードしていた先輩が、驚いたような表情で俺を見ている。そんな変なことを言っただろうか？

だって俺は用事がなければ部屋の中で一日中過ごせるタイプの人間だぞ？　むしろ出たくない方だし。草地さんとか、先輩のように行動力の塊みたいな人とは違うと思うのだが。

納得がいっていない俺を見て、先輩は溜息を吐く。

「黒山君はあれね、自己分析できないタイプなのね。私から見たら貴方ほど行動力がある人はいないわ。勿論、褒めているのよ……よし。これで調整完了ね」

「……ありがとうございます」

思わず返答するが、自分が思っているよりも俺は行動力があるのだろうか？　そんな疑問を抱きながら俺は今度自己分析をし直すのも面白いかもしれないと思った。

俺と先輩はアプリをダウンロードして、草地さんからもらったマニュアルを読み返す。

「夏の星座はまずははくちょう座を見つけることから始めるのがいいみたいね。じゃあ、はくちょう座と入力して――――す、すごいわ！　画面と空が連動しているのね⁉」

画面上のデジタルの星座と頭上に広がるアナログな星空がリンクしている。興奮した様子の先輩に釣られて俺も感嘆の声を上げてしまう。

何というか、もうロマンだ。興奮するしかないだろ。

座標の調整を終えて、再びマニュアルに沿って調整する。これで準備は整った。俺たちは互いに顔を見合わせる。暗闇《くらやみ》に慣れてきた視界の先輩の表情は、子供のようにワクワクで溢れていた。

「まずは先輩から見てみてください」

「私が最初でいいの？」

「はい。えっと、はくちょう座は尾にあたる一等星のデネブ。嘴《くちばし》にあたるアルビレオ。あとは他の星々と連なって十字架のはくちょうを表してるみたいです」

「……あ。これがデネブかしら？　だとするとここから下がって、アルビレオ。確かに十字架で光が続いているよう」

腰を屈《かが》める先輩は大きな瞳を見開いて、小さく口を開けている。桜色の唇が星を見つけるたびに動き、表情がころころと変わっていく。

「そのはくちょう座の下。天の川を南に下り、一等星のアルタイルで表すわし座。そして、その横に位置する力強い輝きの星がベガ。こと座ですね」

「……夏の大三角形」

呟かれた言葉に俺も無言で頷き、空を見上げる。

星の光が地球に、こうして俺たちが目視で見ている光は遙か過去の光だという。光の大きさ。色合いは同じように見えて、一つ一つが違っている。

天体観測は時間旅行と聞いたことがある。言い得て妙だと本当に思う。

「……」

草地さんが用意してくれた資料のおかげだろうか。今、先輩が見ている望遠鏡の先がこと座だとすると――そうか、あれがベガか。だとするとアルタイル、デネブ。

力強く。そして美しく輝く一等星の輝きから作られる夏の大三角形を見つけ、俺はマグカップのホットレモンを啜った。

小樽《おたる》キャンプの時は全く分からなかったなぁ、と一人で苦笑いしてしまう。

するとくいくい、と袖《そで》を引っ張られた。振り返れば腰を屈めて俺を見上げる先輩がいた。

「次は黒山君の番よ。油断してると言葉を失うわよ？」

「それは期待度上がりますね。では失礼して……おぉ」

先輩と入れ替わり、俺はレンズを覗き込む。そして、先輩が隣にいることも忘れて声を上げてしまった。だってここまで鮮明に見えると思っていなかったのだ。

肉眼では見えなかった光の星まで見えて、俺はレンズから勢いよく顔を離し、目視の空と何度も見比べる。

すると足音が近づいてきて、俺の隣で足音が止まる。

ふわりと感じる優しい匂いと夏の夜だというのに心地よい温かさ。肩が触れあい、一本にまとめた艶やかな黒髪の毛先が膝に当たってこそばゆい。

「どう？　見つけられてる？」

「だ、大丈夫です！」

「本当に？」

「だだだ、大丈夫ですから。少し、近いというか」

「近い？　ああ、これは……コホン。失礼しました」

レンズに顔を近づけているだけだと思っていたのかもしれないが、そこには当然俺の顔があるわけで、先輩は咳払いしながらちょっと離れてくれる。

「でもこんな素敵な光景をキャンプで見られるなんて、飛鳥に感謝しなきゃいけないわね」

「……ですね。これは」

これは異論の余地もない。この体験は今日でしかできなかったはずだ。

草地さんのマニュアルを参考に、先輩とあれは何座だろうと二人で調べて、談笑する。

シューズ越しとはいえ、柔らかい土の感触を踏みしめ、思いっきり息を吸い込む。

「本当に外にいるんだな、俺」

「当たり前でしょ？　キャンプしてるんだから」

「あ、そうでした」

先輩に指摘され、頬に熱を感じる。ただ、先輩はそんな俺を見て馬鹿《ばか》にするわけでもなく、どこかゆったりとした様子で呟く。

「でもそうだね。キャンプしてるんだよね、君と。こんな遠くで」

「……」

「――ふふ。あはは」

「先輩？」

「ごめんなさい。なんか普通に指摘しちゃったけど……ううん。何でもないわ」

小さく謝ってくる先輩の横顔はどこか、恥ずかしがっているように見えたのは気のせいだろうか？

◆

天体観測を終え、チェアに座っての談笑。たき火の明かりに照らされて微笑む先輩との時間はすごく楽しかった。

七月末。夏らしい暑さは感じるが、昼間に比べれば全然たいしたことはないし、両手に持つマグカップの温《ぬく》もりが心を落ち着かせる。

時刻は午後九時。夜の闇《やみ》は深さを増していく。

俺は空を見上げ、隣で四海道先輩も空を見上げた気配を感じる。話したい会話も、旭川、富良野を通して語りたいことは沢山あるけど、今はこの静寂がしっくりきている。

「……あ、たき火が」

ゆらゆらと動いていた炎も静かに消え、一気に暗さが増す。だがそれは俺たちのたき火が消えたからじゃない。周囲のキャンパーたちも徐々にたき火を消し始めたからだ。おそらく頭上に浮かぶ星空の海を眺めるためだろう。

「黒山君」

まだ暗さに慣れていない目で俺は先輩を見る。薄暗い視界では先輩の表情まではしっかりと確認できない。

「どうしましたか？」

「色々ありがとね。今回もキャンプに付き合ってくれて」

「別に俺も行きたかったので、お礼を言われるほどじゃないです」

「私、君と過ごして色々教えてもらったわ」

「それは俺もです。俺も、びっくりしています」

「じゃあ、仲間ね、私たち」

「草地さんの言葉っぽくするなら同志、ですね」

「確かにそうかも。うん、同志。高校生活最後の最後で同志に巡り会えるとか幸運ね、私」

また沈黙が訪れ、先輩が星空から目線を外した。

「先輩？」

「ん。いや、最後に最高の思い出ができたなって。そろそろ寝ようか、明日も早いし」

「――――」

スカートから覗く自らの両足をペチペチと叩いて、先輩は立ち上がる。

別に普通のことだ。そうだろ？

観光を楽しんで、設営で苦労して、キャンプ飯で盛り上がって、夕日や星空を堪能した。あとは寝るだけ。明日だって富良野から札幌まで帰る必要がある。運転の疲れを先輩には癒やしてほしい。

でも。俺はその違和感を。この遠出キャンプ中に感じてきた一つ一つの小さな違和感が繋がり、このまま先輩をテントに向かわせると何かが終わりそうな予感がした。

これを最後の思い出とか、言ってほしくなかったのだ。

子供か！　俺⁉　自らを叱咤《しった》しながらも、俺は考えるより早く、手が伸びていた。

パシッと暗闇の中で俺は先輩の手を握る。

「黒山君？」

「あ、その。違くて。いや、違わないですが」

「どうしたの、突然」

「俺、何やってるんだよ、本当に――――先輩」

「どうしたの？」

「少し散歩しませんか？」

「これから？　結構暗くなってきたよ？」

「あ……はい。それは分かっていて、迷惑でなければ、その、まだ先輩と話したいというか」

駄目だ。言葉を作ろうとすると迷宮に迷い込んでいく。それに顔が夏の日差しに照らされたように熱い。

俺は先輩の顔を見れなかった。

どのくらい返答を待っただろうか？　触れあう指先はもう感覚が分からなくなるほどだ。

先輩は小さく何か呟いて、口を開く。

「いいよ。じゃあ、少し歩きましょうか」

「いいんですか？　迷惑じゃないですか？」

「もう。貴方から誘ったんだから最後の最後で揺らがないで。ちょっと準備するから手、離してくれる？」

「あ、はい」

手を離し、先輩は自らのテントに入っていく。

……俺、どうして先輩を誘ったんだろう？

自分自身で答えがまとまらず、俺は温もりが消えていく指先を眺め、頭を振る。

雑念を捨てろ。やましい気持ちは捨てろ。告白はしない。これだけは決定事項だ。

ただこの富良野キャンプが決まってから、時折先輩が見せる表情に陰りがあることには気づいていた。

もし何かに悩んでいるならばこのキャンプ中くらいは忘れて、楽しんでほしい。おこがましいかもしれないが、それだけは譲れない。俺のちっぽけで、勝手な願いだ。

我ながらエゴが満載の面倒くさい願いだと思う。

「お待たせ。一応、貴重品は持った方がいいよ」

「あ、はい。そうですね。財布とスマホと……先輩はやけに荷物が多いですね」

四海道先輩の格好は先ほどと変わらず、ラフでいながらもお洒落に気を使った出で立ちだ。だが左手に何故か何かが入った紙袋を持っている。

俺が指摘するとさっと後ろに隠し、ジトッと俺を見てくるのだ。

「女性の私物を詮索するのは感心しないわね？」

「い、いやそんなつもりは。じゃあ、行きましょうかって、何ですかその手は」

俺もスマホと財布をポケットにしまい、立ち上がる。だがそんな俺を見て、先輩は片手を出してくるのだ。

「え？　手を握るんじゃないのかしら？」

「どうしてですか？　ランタンを持っていけば別に足元は見えますし」

「そうなの？　てっきり君は手を握りたいのかなって。黒山君、手を握るの大好きそうだし」

「どうしてそういう結論になるんですか⁉　さっきのはたまたまです。気の迷いです」

「そうそう人間は気の迷いは起こさないでしょ。じゃあ、行きましょ」

口元に微笑を浮かべ、先輩は歩き出す。俺はその後ろ姿を見ながら、半歩遅れて歩き出した。

ランタンの光が揺れ、先輩の髪の毛も揺れる。先輩は設営されたテントに顔を向けた。

テントの中から漏れる温かい光はゆりかごのように揺れ、各自が自由に過ごしているのだと窺えた。

「いい夜ね。静かで、落ち着く。黒山君は夜とか好き？」

「夜ですか？　大好きですよ、夜。室内で時計の針の音を聞きながら読書とか最高ですし」

これは俺だけかもしれないが、メトロノームとかもいつまでも聞いていられる。あの一定間隔で動く音に合わせて、徐々に自分の世界に入っていく感覚がたまらなく心地いい。

「ふふ。君らしいね。私も夜は好きかな。あとは太陽が昇るとき、太陽が落ちていくときも好き」

「全部じゃないですか、それ」

「……確かにそうね。でも、好きだし、絞るべき？」

「別にいいじゃないですか？　好きなものが増えるって幸せなことだし、嫌いなことを無くす努力をするぐらいなら、俺は好きなことを増やす努力のほうがしたいです」

「好きなことを増やす、ね。君らしいかな、本当。でも、そうか、確かに自由よね」

思わず指摘してしまい、先輩の歩幅が狭まり、俺は先輩に追いつく。すると先輩は何かに気づいて顔を覗き込んでくる。

「ん？　あれ？　ちょっと待って」

ずいっと手が伸び、先輩の小さな手が俺の頭部に触れ、そしてそのまま自らの頭部へとスライドさせる。

「背、伸びたのね」

「え!?　本当ですか！」

「うん。五月の時は私のほうがまだ大きかったからって、喜びすぎじゃない？」

「俺の家系はそんなに背が高くならないから嬉しいんです」

「素直ね、本当に……でも、そうか。君はまだ高校一年だもんね」

あ。またあの顔だ。微笑に悲しさが滲み、すぐにクールな表情に塗りつぶされる。テントサイトから遠ざかり、キャンプ場の管理棟近くにあるベンチに座る。

すると先輩は両手を伸ばして、空を見上げた。

先ほどよりも夜の闇が深まり、光源が周囲に少ないせいだろうか。見上げた夜空には先ほどの天体観測時よりも大きな星屑の運河が広がっている。俺は夜空に心を奪われながらも先輩の声に耳を傾けた。

「私、あんまり人付合いが得意じゃないでしょ？　自分勝手だし、どこまでも気ままに楽しめるほうが好き。だから、飛鳥もいない今回のキャンプは私にとっても初めてのことばかりで、色々戸惑っちゃった、正直」

ごめんね、と言われても俺は言葉を返さない。だってまだ先輩は全部出し切っていないからだ。

俺の顔色を窺う視線を感じるけど、俺は答えない。先輩は小さく、本当に小さく「ずるい後輩だね」と呟いて、まだぽつりぽつりと言葉を紡《つむ》ぐ。

「受験勉強とか、人付合いとか、学校の中でも息苦しさを感じるときがあって。だからこうしてキャンプしに来て、リラックスして。でも、今回は君がずっと私の隣にいて。この時間がいつまでも続けばいいなって思うぐらいに楽しくて、そんなの無理なのにね」

「無理、ですか？」

「ええ、だって、私と黒山君は年が違うし、私のほうが先に高校を卒業してしまうじゃないって、ごめんなさい。何か変な空気になっちゃったね」

俺はそこで初めて空から顔を背《そむ》け、俺を見つめる視線に向き合う。

夜の闇に負けないくらい美しい黒髪。切れ長で、表情以上に豊かな煌めきを宿す瞳。美人な外見なのに、行動の合間合間に隙が多く、可愛いと思う一方で少し心配になる人。

そんな人が両手をベンチに預け、少し上半身を前のめりにして俺を見ている。

感情を押し殺すようにしているが、その表情に微かな不安が見え隠れしている気がする。

「どうだった？　私が隣にいて貴方は楽しめた？」

「楽しめましたよ」

その言葉に嘘はない。そして、もし仮に四海道先輩がそこを気にしているならば、むしろ俺が口に出せなかったこれからの話を持ち出すならば、俺も言うべきだ。

瞬きして、先輩は虚を突かれたように見えた。

「即答なのね」

「当たり前じゃないですか。俺、先輩とのキャンプがず、好きなので」

「――――え？」

くそ、噛んだ。普通噛むか、ここで⁉

心臓が煩《うるさ》い。別に告白したわけじゃない。だから静まれ、静まってくれ。

『好き』という言葉が自分の中でこれほど重くなっていることに戸惑いは隠せないが、それでも俺は続ける。

きっと澪ならもうちょっとロマンチックに言いなよ、とジト目で叱ってくるだろう。

木村《きむら》先輩ならニコニコ顔で脇腹《わきばら》をつついて諭してくるはずだ。

石川《いしかわ》先輩なら背中をバッンバッンと叩いて応援してくれる気がする。

「体験しないと分からない。先輩の言葉で、俺はキャンプを知って、キャンプの楽しさを知りました。ただその一方で、俺にとっては先輩とのキャンプが一番楽しいんです。免許もっ、免許だって取りたいと思ったし、だからっ」

土井先生なら計画的に、緻密なプランを練るべきだと、苦笑いしながら手助けしてくれる。

草地さんは終始ニヤニヤしながらも、見守ってくれる人だ。

遠藤さんならまどろっこしいわね、と言って四海道先輩の背中を押してくるだろう。

……こんなにも多くの人と知り合えた。面倒くさい俺が。全《すべ》ては先輩から始まった。

だからどうか、俺に勇気をください。この面倒くさい俺にあと一歩の勇気をください。

声が嗄《か》れ。視線に耐えきれず、俺は空を見上げる。

想《おも》いは伝えられなくとも。願いを伝えるチャンスをください。一生分の運を使ってもいい。

そして、その一歩が星屑の海から一筋の軌跡を描いて落ちてきた。

「あ、流れ星」

先輩も俺と同じ軌跡を見たのだろう。こぼれ落ちる声に合わせ、俺は言葉を紡ぐ。願いを乗せて。

「これからも。し、四海道先輩が卒業しても、一緒にキャンプできますように」

流れ星が消え、視界には星屑の海が広がるだけ。虫の鳴く音と夜風に木々が揺れる音しか聞こえない。

外だというのに。静かすぎる。先輩はどう思っているのだろう。

気持ち悪い、と思っているのだろうか。ただの後輩に、俺みたいな奴《やつ》にこんなことを言われて。

恐る恐る俺は視線を下げ、足下に。見えるのは俺の両足と少し離れた場所にある先輩の両足。

嫌われたかもしれない恐怖と不安で体が震えそうだ。

だが不変的な視界は急に動き出す。先輩が距離を詰めてきたのだ。ずいっと、俺と先輩のふとももが触れそうになる。

顔を上げて、確認すると真顔の四海道文香がそこにいた。

「黒山君は私の高校卒業後も一緒にキャンプしてくれるんだ」

「え、あ、その。できればっと。俺には他にキャンプする相手もいないですし。せっかくキャンプの楽しさ分かってきたので、ここでやめるのも勿体ないですし」

「じゃあ、キャンプを一緒にしてくれる人ができたら私とはもうしない？」

「それはないですよ。だって、俺は先輩とキャンプするのが一番楽しいですし」

「っ⁉　な、なるほど。なるほど……そっか、ふふ」

息を呑み、微かに微笑んだ四海道先輩は立ち上がり、お尻をパンパンと叩いて埃《ほこり》を払う。俺に顔を見せないように、背を向け、一本に束ねた黒髪が揺れる。

「それ」

「え？」

先輩の細長い指はベンチの上。先ほどまで先輩が座っていた場所を指している。

「その紙袋。君への誕生日プレゼントなの」

「誕生日……あ、昨日誕生日でしたねって、どうして先輩が俺の誕生日知って⁉　え？　プレゼント⁉」

「驚きすぎよ、もう。貰ってくれる？」

心配げな声は先輩らしくなくて、少し震えている気がした。

「いいんですか？　本当に貰っても？」

「いいって言っているでしょ？　ただ私が戻ったら開けてね。先にテントに戻ってるから」

「あ――――行っちゃった」

足早に一人で帰って行く先輩の背中から俺はベンチに置かれた紙袋を見て、手に取る。

そこには小さなタンブラーとメッセージカードが入っていた。

メッセージカードに綴られた言葉を読み、俺も立ち上がって先輩を追う。歩く歩幅は自然と早くなって、気持ちを表すように地面を蹴《け》ってしまう。

ランタンの光が揺れ、俺は先輩に追いつく。

「プレゼントありがとうございます。大切に使わせてもらいます」

「……私が戻ったら開けてって言ったでしょ、私」

「あはは。そこは、はい。我慢できなくなってしまって。はぁ、はぁ。それと、次のキャンプでも必ず使います。次も、その次も、げほ」

「運動不足よ。全く」

急に走ったせいで息苦しい。俺は苦笑いを浮かべ、先輩の隣に並んで歩く。テントが見えてきて、俺たちは互いに足を止め、ようやく顔を見合わせた。

涼しげな表情で、だけどどこか嬉しそうな感じがするのは気のせいだろうか。

「じゃあ、明日も早いですし寝ましょうか」

「そ、そうね」

俺はテントに戻ろうと踵《きびす》を返すとくいっと、右腕に抵抗を感じて、引っ張られた。

右腕の袖には小さく白い先輩の手があって、俺の右袖を掴む四海道先輩がいた。恥ずかしそうに唇を結び、少し潤ませた両目は答えを探すように彷徨い、俺に行き着く。

「先輩？　どうしましたか？」

「あ、その。ちょっとまだ眠たくない、というか」

先輩らしくない歯切れの悪い口調だ。俺が見つめていると先輩は俺の袖を離し、両手の親指を合わせて、くるくると回す。

「……もう少し今日の感想とか、話をしたいかなって」

「え？　あ、でも結構冷えてきましたし。場所もないですよ」

「黒山君のテントがあるわ」

指さす方向には俺のテントがある。まぁ、確かに俺のテントならばドームテントで二人で寝転がれる、か。

「駄目、かしら？　大丈夫。少し話して、君とのキャンプを実感したいの」

上目遣《うわめづか》いで頼まれ、思わず胸を押さえる俺。小樽では不可抗力とはいえ、先輩と同じテントになってしまった。今回はまぁ、話すだけだし、うん、大丈夫か？

断る明確な理由も見つけだせずに、俺は了承する。すると先輩は微笑を浮かべ、自らのテントに戻っていく。

「シュラフに入りながら話しましょ。実は私、キャンプのたびに感想を話し合っていて」

「あ、知っています。あれですよね、愉快な仲間たちとのお疲れ様会ですよね？」

「────な、何を言っているの？　あ、飛鳥ね！　まさか私の仲間たちのことも聞いてしまって！　黒山君、詳しく話したいことが増えたわ。今夜は覚悟して」

シュラフを抱きかかえ、ジト目で俺に詰め寄る先輩は俺をテントに押し込んでいく。

怒ったり。笑ったり。思い出話に花が咲き、同じテントの中、先輩との夜は更けていく。

互いにシュラフに入り、今回のキャンプの良かった点。悪かった点を話していく。俺と先輩の次回の目標はタープ設営の完全習得だ。

目元を擦《こす》り、ウトウトし始める先輩。俺はなんとなく予感がして、テントから出ようとするが、先輩は俺の手を摑んで離さない。

「疲れてたんだろうな、やっぱり。できればここを抜け出して────結構しっかり摑んでいるっ」

「すぅ、すぅ」

寝息が聞こえ、俺は穏やかな表情で眠る先輩を見る。

無防備に寝顔を見せる先輩の隣に寝転がり、俺は先輩が寝言を言うのを聞いてしまう。

「黒山、くん。今度はどこに……んん」

「……今夜は寝れるのだろうか」

どこか安心しきった表情で眠る四海道先輩を見て、俺は天幕の下で寝不足を覚悟した。

STAY AT TENT

# 美瑛・富良野エリア

## BIEI・FURANO AREA

BIEI・FURANO

AREA MAP

### 散策マップ

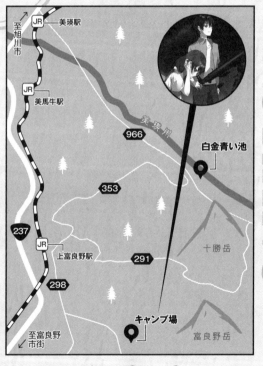

Staying at tent with senior in weekend,
so it's difficult for me to get sleep soundly tonight.

# エピローグ　これから、私はきっと、普通でいられないかもしれない

めぇ。

めぇ。

「ん？」

「めぇ？　え？　何？」

俺《おれ》は起き上がり、状況を確認する。そうだ。俺は四海道《しかいどう》先輩とキャンプに来ていたんだ。

微《かす》かに感じる鈍痛。それもそのはずだ。昨夜はテントという空間の中で先輩と二人きりだったし、ずっと手を握られていたし、で最後に覚えているのが午前三時だった。

「そこで意識を失って……先輩はどこに行ったんだ？」

隣にいるはずの先輩がいた場所には抜け殻となったシュラフがあって、先輩の姿はない。

めぇ。

「……何か、外にいるのか？」

テントの外から明るい日差しが差し込み、スマホを確認すると午前六時だった。

俺は恐る恐るテントの外に顔を出す。眩しい朝日に目を細め、視界に入ってきたのは白い体

毛を持つ動物。めぇ、と俺にも気を止めずにテントサイト内で草を食べる羊がそこにいた。

そういえば草地《くさじ》さんが別れ際に来訪者に優しくと言っていたことを思い出す。

そうか、確かこのキャンプ場は羊の放牧をしているんだった。それにしても羊がこんな自然に放牧されているのは初めて見たな。

周囲を窺《うかが》うと行動し始めるキャンパーの姿が見えた。

「あ。おはよ、黒山《くろやま》君」

テントから顔を出していると声を掛けられ、俺は顔を上げる。

髪を解き、タオルを首に提《さ》げた四海道先輩が朝日を浴びて立っていた。服装はしっくりくるバイクスタイル。表情は凄く柔らかい感じがして、すっぴんなのと合わさって凄く幼く見えた。

「おはようございます。すみません、俺だけ寝てて」

「ううん。私のほうこそ、また貴方の隣で寝てしまって。ごめんなさい」

「いや、それは全然問題ないんです。運転で疲れていたと思うし」

そう。そこは問題ではないと思う。いや、問題はあるか。二回目とはいえ、先輩が隣で寝ている状況で熟睡はできない。できるはずがない。

俺もテントから這い出て、陽光を全身に浴びる。

薄い青で染められた空には縮れた雲が浮かび、遠くの山々の形がくっきりと見渡せた。夏を感じさせる力強い日差しと少し冷たい風。

足下の草から伝わる大地の柔らかさを感じる。透き通った空気を吸い込み、深呼吸すると意識がはっきりしてくる。開放感を味わいながら体を解《ほぐ》していく。

……このストレッチが俺にとってはキャンプが終わる準備なんだろうな。

「本当に人を怖がらないな。家の中で現れたら流石に怖いけど」

足下で草を食む羊の頭を撫でていると先輩が近づいてきた。しゃがみ、じっと羊を見ていると先輩の心の声が聞こえた気がした。

「大丈夫ですよ。凄く人慣れしていますし」

「え？　な、撫でても逃げない？」

「大丈夫ですよ」

俺の言葉に四海道先輩は羊の頭に手を伸ばし、撫でる。

「もこもこ。なまらもこもこ」

幸せそうな先輩とわれ関せず朝食を続ける羊の光景がなんか面白《おもしろ》くて、俺は吹き出してしまう。すると先輩は俺を見て、頰《ほお》を膨らませるので俺は馬鹿《ばか》にしていたわけじゃないと弁明する。

「馬鹿にしたわけじゃなくて。すごい可愛《かわい》いなって思って」

「可愛い……え？」

「よし。じゃあ、俺も準備開始しますね。朝食も少し考えてきてて」

カセットコンロの上にケトルを置き、火を付ける。

昨日ははちみつレモンをメインに使ったので今日はお茶にしよう。パックのお茶も持ってきているし。朝ご飯の献立はある程度決まっている。

「朝食なんですけど昨日はがっつり肉系だったので、朝はあっさりお茶漬けとかどうかなって思うんですよね」

スキレットで目玉焼きとハムを焼き、メインはクッカーでご飯を炊いてそこにお茶漬けの素をいれれば完成だ。梅干しを少量と炙った海苔を細切れにすると美味《おい》しいことは澪《みお》の部活前の朝食で確認済みだ。

俺はクッカーに米を入れて水を吸い込ませていると、先輩からの反応がないことに気づく。

「先輩？」

振り向くと四海道先輩は羊の頭に手を置いたまま固まっていた。熱でもあるのか、色白な顔は真《ま》っ赤《か》になっている。俺がもう一度呼びかけると「ひゃいっ⁉」といつもより高めの声をだして立ち上がる。

「あ、え？」

「いや、朝食はお茶漬けにしようと思うんですけど、どうですか？」

「朝食、お茶漬け……うん。いいと思う、よ」

「良かったです。じゃあ、準備を進めるので先輩は珈琲の準備お願いしてもいいですか？」

「え、ええ……どうしたのかしら、私」

ぼそり、と呟いた先輩はかぶりを振って俺の隣に立つ。

心なしか動きがぎこちない、かな？　そんなことを思いつつ、俺たちは朝食を作る。出来上がったお茶漬けを食べるとぎこちなさは無くなった。

「染みる美味しさね。優しい味で最高……んん、おかわり、とか大丈夫？」

「そう言うと思って少し余裕を持ってご飯炊いてたので大丈夫ですよ」

「……なんか、少し恥ずかしいわ」

少し悔しそうな表情の先輩の顔が朝日に染まる。俺は笑い、先輩も苦笑する。

そんな俺たちをのんびりと草を食べる羊が悟ったような顔つきでめぇ、と鳴いて見ていたのは凄く印象的だった。

< 飛鳥

# 終幕 8月1日(月)

いやぁ、富良野キャンプはエンジョイしてたみたいだね
少年から話を聞いたけど私も行きたくなっちゃったよ

ん。楽しかったよ。飛鳥も本当にありがとうね
飛鳥がいなかったらできなかったもの

まぁ、そこは素直に受け取っておくよ。
お土産も貰ったしね
あ。そうだ。聞きたいことあったんだけどいい?

どうしたの?
そんなに改まるの飛鳥らしくないじゃない

些細なことじゃないけど、キャンプで少年って
文香に何かしたの?　気のせいだったらだけど。
文香。少年に対してよそよそしいというか
少年も何か話を濁す場面あって。
なんか少し様子が違うように見えてさ

……

え。何その反応。
少年、もしてかして何かやったのか!?

えっと、違くて
わたし側に多分原因があって。私、黒山君と
卒業までしかキャンプできないって思ってて
ここ最近、なんかそんなことばかり考えて、
本気で楽しめてなくて
でも、彼は私の卒業後のことも考えてくれてて

嬉しかった、と?

……うん
ちょっとね。本当にちょっとね

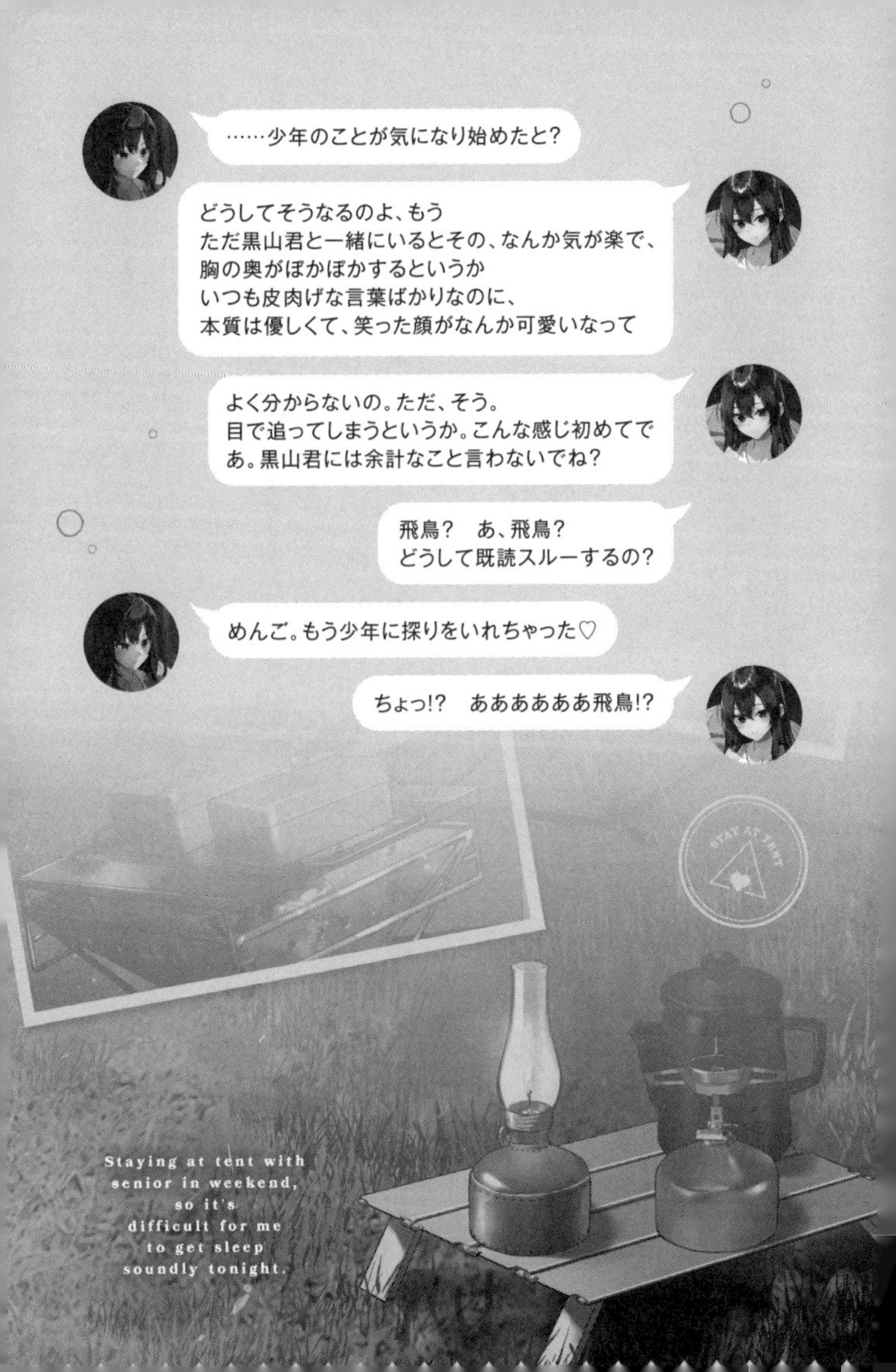
……少年のことが気になり始めたと?
どうしてそうなるのよ、もう ただ黒山君と一緒にいるとその、なんか気が楽で、 胸の奥がぽかぽかするというか いつも皮肉げな言葉ばかりなのに、 本質は優しくて、笑った顔がなんか可愛いなって
よく分からないの。ただ、そう。 目で追ってしまうというか。こんな感じ初めてで あ。黒山君には余計なこと言わないでね?
飛鳥?　あ、飛鳥? どうして既読スルーするの?
めんご。もう少年に探りをいれちゃった♡
ちょっ!?　あああああああ飛鳥!?
Staying at tent with senior in weekend, so it's difficult for me to get sleep soundly tonight.

# あとがき

【愛用する道具って愛着湧きますよね？　私は名前を付けちゃう系です、はい】

はじめまして。またはこんにちは、蒼機純《あおきじゅん》です。

この度は『週末同じテント、先輩が近すぎて今夜も寝れない。』の第2夜を手に取っていただき、本当にありがとうございます。皆様のおかげで第2夜を迎えることができました！

私は何事も体験しないとしっくりことない人間です。なので本作を綴る機会を頂いてから色々と失敗したり、成功したりしてキャンプの楽しさを知っていくつもりが、魅力に嵌まってしまいました。こうして紡げたのがテンちか、第2夜となります。

第2夜は旭川《あさひかわ》・富良野《ふらの》を舞台にして四海道《しかいどう》、黒山《くろやま》がキャンプを楽しみ、互いの気持ちに触れあっていく物語となります。

別々の世界観を持つ黒山と四海道。黒山を取り巻く人たちの価値観や世界観は多種多様で、今まで自分の世界だけで生きてきた黒山の世界は広がっていきます。

世界同士が触れ、今まで見えてこなかった景色が見えてくるからこそ心が動き出す。傷つくことを恐れずに、触れたくなるんだと思っています。

共感して、楽しんだり。迷って、悩んだり。面倒くさくたって、本気でぶつかれば新しい一歩は踏み出せる。失敗は失敗じゃない。そして、外で食べるカップヌードルは最高です。

不器用で、面倒くさい少年少女の星降る夜の物語を楽しんで頂けたら幸いです。

この場を借りて謝辞を。

おやずり様。1巻に引き続き、表情豊かな四海道を描いて頂き、本当に嬉しかったです。土井《どい》先生の筋肉も素晴らしく、最高のクリスマスプレゼントまでありがとうございますっ！

GA文庫編集部中村様。テンちかの世界観をここまで深掘りできたのは中村様のおかげだと思います。本当にありがとうございます。

本作の出版・発売・取材に関わってくださった全ての皆様。

そして、本作を手に取ってくださった読者の皆様。皆様のおかげでテンちかは第2夜を迎えることができました。心よりお礼申し上げます。また皆様とお会い出来る日を夢見て、日々一歩ずつ歩いて行こうと思います。では、またお会いできる日を祈って！

蒼機　純

**ファンレター、作品の**
**ご感想をお待ちしています**

〈あて先〉

〒106－0032
東京都港区六本木2－4－5
SBクリエイティブ（株）
GA文庫編集部 気付

「蒼機純先生」係
「おやずり先生」係

**本書に関するご意見・ご感想は**
**右の QR コードよりお寄せください。**

※アクセスの際や登録時に発生する通信費等はご負担ください。

https://ga.sbcr.jp/

# 週末同じテント、
# 先輩が近すぎて今夜も寝れない。2


発　行　　2023年2月28日　初版第一刷発行
著　者　　蒼機純
発行人　　小川 淳

発行所　　SBクリエイティブ株式会社
〒106−0032
東京都港区六本木2−4−5
電話　03−5549−1201
03−5549−1167（編集）

装　丁　　百足屋ユウコ＋フクシマナオ
（ムシカゴグラフィクス）
印刷・製本　中央精版印刷株式会社




ISBN978-4-8156-1722-6
Printed in Japan　　GA 文庫

試読版は
こちら!

試読版は
こちら!

第16回 GA文庫大賞
GA文庫では10代~20代のライトノベル読者に向けた
魅力溢れるエンターテインメント作品を募集します！
物語が、華ひらく。
イラスト／風花風花
大賞賞金300万円+コミカライズ確約！
◆募集内容◆
広義のエンターテインメント小説（ファンタジー、ラブコメ、学園など）で、日本語で書かれた未発表のオリジナル作品を募集します。希望者全員に評価シートを送付します。
※入賞作は当社にて刊行いたします　詳しくは募集要項をご確認下さい
リニューアルで選考課程を一新!!!
応募の詳細はGA文庫公式ホームページにて
https://ga.sbcr.jp/